Jean-François Chabas

Les Chroniques de Zi

LIVRE I - PHELAN

Nathan

Pour Nisrine.

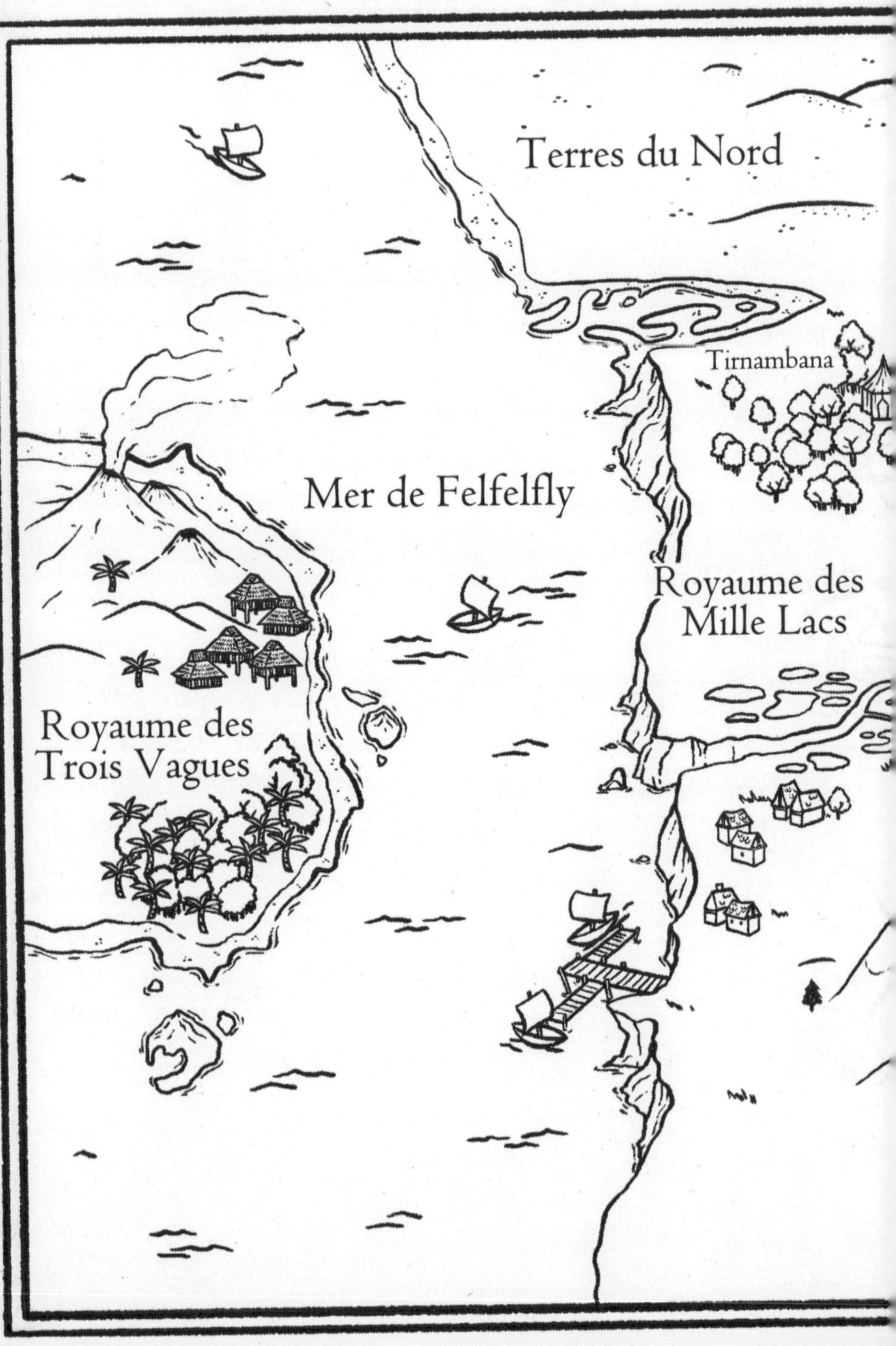
Terres du Nord
Tirnambana
Mer de Felfelfly
Royaume des
Mille Lacs
Royaume des
Trois Vagues

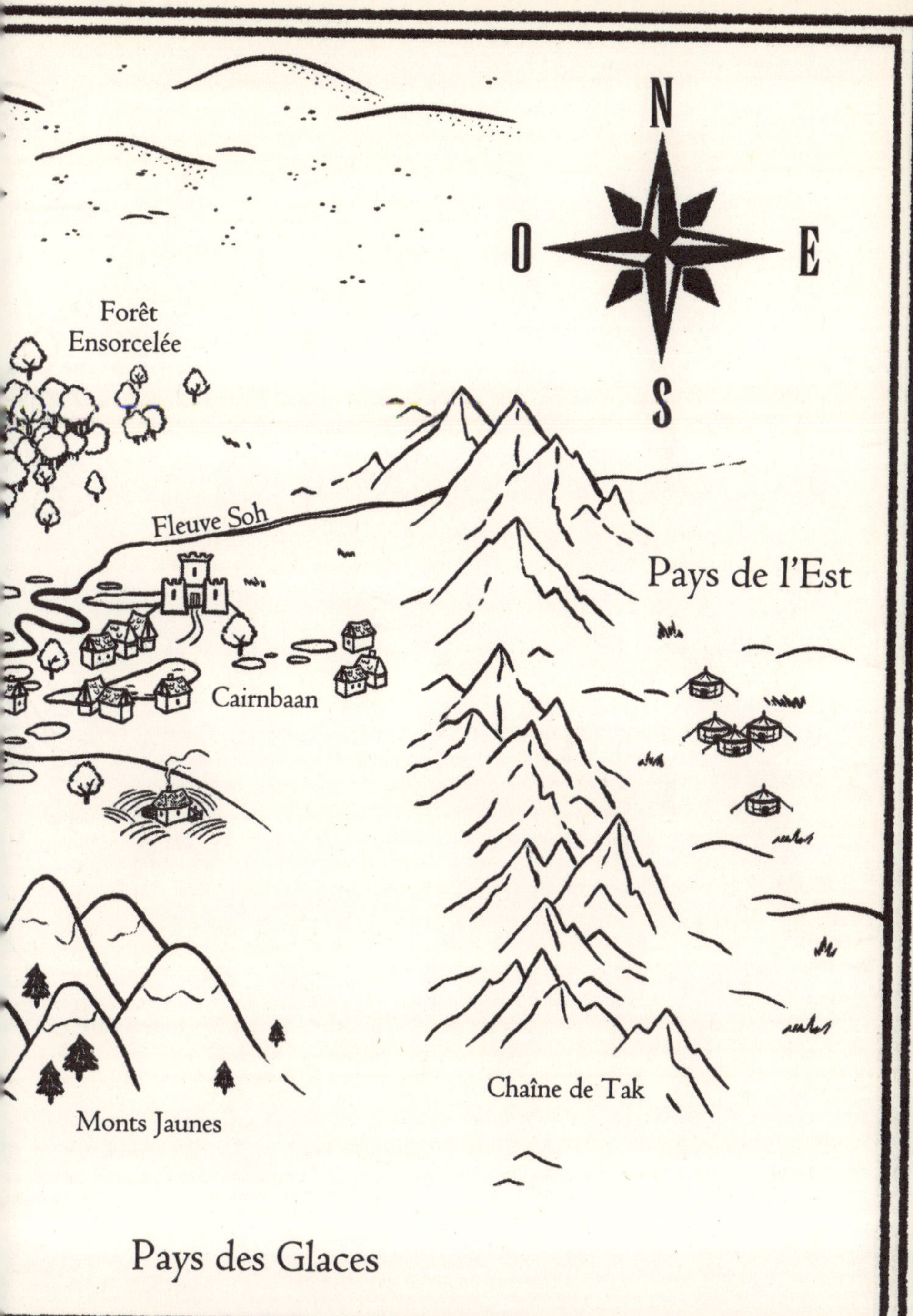
N
O
E
S
Forêt
Ensorcelée
Fleuve Soh
Pays de l'Est
Cairnbaan
Chaîne de Tak
Monts Jaunes
Pays des Glaces

Partie 1

La sorcière regarda une dernière fois par-dessus son épaule. La vaste plaine était déserte, personne ne l'avait vue.

Alors, elle pénétra dans la forêt.

Le bas de sa longue houppelande rouge traînait dans les ronces, mais elle n'y prenait pas garde, car elle était toute à sa joie : elle avait réussi !

Quand elle parvint à la Clairière des Sept Elfes, que baignait la vive lumière du midi, elle posa sur une plaque de mousse vert tendre le lourd sac de toile qu'elle avait porté si longtemps. Elle en défit le cordon. Ses doigts se tendirent comme les serres d'un rapace, et elle s'empara de l'enfant.

Il était pâle. Ses cheveux clairs, cendrés, encore duveteux, frisaient sur son front. Dans son sommeil, il fronça les sourcils, et ses lèvres épaisses esquissèrent une moue.

– Tu es si beau, dit la sorcière.

Elle avait vu la mort des chênes, l'érosion des pierres, elle avait vécu l'époque des glaces et celle des grandes éruptions ; depuis toujours elle errait sur ces terres, où les hommes n'avaient pour elle plus de durée que les fourmis et les papillons.

Cependant la sorcière ne se rappelait pas avoir vu chose plus splendide que l'enfant.

Tournant sur elle-même, enivrée de bonheur, elle voulut prendre à témoin les mille habitants du bois, dont elle savait qu'ils étaient, à cet instant même, en train de l'observer. Comme elle ne trouvait pas de mots, elle poussa son cri de victoire, ce hurlement guttural et strident qui avait glacé le sang de ses innombrables ennemis.

Deux jeunes corbeaux, qui paressaient près de la source non loin et avaient assisté à la scène avec intérêt, prirent peur. Ils s'envolèrent, muets, dans un froissement d'ailes.

L'enfant gémit, mais il ne se réveilla pas. Le sort que lui avait jeté la sorcière était assez puissant pour qu'il dorme longtemps. L'approchant de son nez, elle le flaira. Il sentait le lait, le biscuit et la fleur d'oranger. Il y avait aussi… oui, c'était bien ça, un léger parfum de vanille, qui provenait de son vêtement.

Il fallait repartir, la route était encore longue.

La sorcière aimait marcher dans la forêt, mais d'ordinaire elle n'était pas encombrée par cette houppelande pesante. Elle dénoua les attaches du vêtement carmin, puis le laissa glisser au sol. Sa chemise et son pantalon en peau de loup soulignaient la minceur de son corps.

Elle fourra l'enfant dans le sac, serra soigneusement le cordon, jeta le fardeau sur son épaule et quitta la clairière.

La Forêt Ensorcelée était entièrement asservie à la sorcière. Cela avait pris des millénaires, mais il n'était un arbre, une pierre qui ne fussent prêts à entendre ses ordres. Il y avait eu un temps – à l'époque ancienne où les hommes disputaient encore leur place aux singes – durant lequel la sorcière, jeune et sans expérience, n'avait pas encore d'abri fiable ; où elle demeurait à la merci de ceux qui voulaient se venger de ses maléfices. Elle avait compris que pour survivre, il lui fallait une forteresse.

Comme il était en son pouvoir de subjuguer les forces de la nature, elle avait décidé de les utiliser. Chaque chêne, chaque orme, chaque églantier la défendait. Depuis que cette armée était entrée à son service, personne n'avait jamais réussi à l'approcher pour lui nuire. Qui, d'ailleurs, savait que les bois dissimulaient son antre ? La sorcière était orgueilleuse, comme le sont souvent ceux qui vont seuls dans l'existence. Elle voyait les filles et les garçons devenir des femmes et des hommes, puis vieillir, puis mourir, et elle était toujours là, elle, éternelle dans ses maléfices et sa puissance, inaccessible à la maladie, aux coups portés par les ans.

Il n'était qu'un élément capable de l'anéantir : le feu. Des morsures des flammes, elle ne pourrait renaître. Au temps des guerres aux épées de cuivre, elle avait été frappée par la foudre. Habituée qu'elle était à son invincibilité, elle avait constaté avec une stupéfaction teintée d'horreur que son cou – l'endroit où l'éclair s'était insinué dans son corps – portait une trace noire qui ne guérissait pas. C'était la signature du feu.

Les humains pourraient la brûler pour l'empêcher de nuire. Le sachant, elle les détestait plus encore.

Cela lui donnait une raison – outre le goût exquis qu'elle leur trouvait – de manger des enfants.

La Forêt Ensorcelée lui fournissait de quoi se nourrir. Elle ne se rappelait pas la dernière fois où elle avait eu à chasser, car les arbres, désireux de lui plaire, capturaient pour elle les lièvres, les faons, les oiseaux dont elle faisait sa pitance. Liant autour des proies leurs racines et leurs branches, ils appelaient ensuite cette maîtresse implacable qui les gouvernait, et leurs longs gémissements résonnaient sous les frondaisons.

Mais la sorcière était gourmande, et rien ne surpassait, pour elle, la saveur des petits d'hommes. Quand elle se mettait en quête d'un enfant, c'était toujours sous le coup d'une impulsion subite, une irrésistible envie qui la tirait de sa retraite, plusieurs années, plusieurs décennies parfois, après son dernier festin. Le goût du sang humain lui revenait soudainement la distrayant de sa tâche, et elle prononçait des mots dans sa langue étrange, des mots qui signifiaient : « J'arrive ! J'arrive ! »

Elle se hâtait d'aller chercher, dans ses malles, quelque vêtement lui permettant de passer inaperçue dans les villes et les villages, puis elle s'en allait vers les hommes, avec, au ventre, une grande envie de viande.

N'y tenant plus, elle ouvrit à nouveau le sac. Cet enfant-là, oh, il surpassait tous ceux qu'elle avait eus. Il était ravissant. Ne pouvait-elle le manger tout de suite ?

La sorcière se réprimanda à mi-voix. Non, bien sûr que non ! Quel gâchis ce serait, après de tels efforts. Celui-ci n'était pas le tout-venant, il avait coûté tant de peine.

– Fils de roi ! dit-elle.

Il y avait dans sa voix l'ironie qui lui était coutumière, mais aussi un peu de rancœur, car elle avait bien failli être attrapée. Évidemment, le petit prince héritier, dans son berceau d'or et de velours, avait été plus difficile à ravir qu'un enfant de gueux qu'on cueille comme une fleur dans un champ.

Elle avait été prise de l'envie de manger le prince Irven – dont le nom signifiait « blanc », ce qui lui allait à merveille – dès la première fois qu'elle l'avait entraperçu, lorsque la reine l'avait montré au peuple depuis le balcon du château. La sorcière avait à faire ce jour-là avec une fille d'aubergiste, une enfant bien nourrie, au teint rose et aux joues pleines, qu'elle voulait enlever à la nuit tombée, puisqu'il suffisait d'escalader le mur du relais de poste et qu'en ces choses elle était très habile. Mais la vision du prince avait éteint cet appétit. C'était lui, et nul autre, qu'elle avait dès lors convoité.

Las, il lui avait fallu beaucoup de temps et de ruse pour parvenir à ses fins. Personne dans le royaume n'était mieux gardé que cet être. La sorcière n'avait jamais douté qu'elle réussirait à enlever Irven, mais il lui avait fallu une année entière pour triompher.

Jamais, pour s'emparer d'un enfant, il ne lui avait été nécessaire d'utiliser la magie. Elle se refusait à recourir à ses pouvoirs occultes – qu'elle considérait comme sacrés – pour quelque chose d'aussi dérisoire que de dérober un de leurs petits à ces humains bornés, si faciles à duper et si faibles physiquement. Ils n'avaient pas d'imagination. Aussi, lorsqu'ils étaient incapables d'une prouesse, ils croyaient que ceux qui leur ressemblaient en apparence ne pouvaient faire mieux. Mais si la sorcière ressemblait aux hommes, elle était bien plus forte qu'eux. Défoncer une porte d'un coup de pied, arracher un volet de ses gonds, sauter une muraille sans prendre d'élan : rien de tout cela ne lui avait jamais coûté un battement de cœur supplémentaire. Elle franchissait les obstacles créés par ses ennemis avec une sorte d'indifférence. Plus gros étaient les verrous, plus elle s'en moquait. Pauvres créatures qui pensaient que derrière quelques planches on était protégé du mal...

Quand elle s'était mise en quête d'Irven, la sorcière avait immédiatement compris que tout serait différent. Les murs, les grilles, là n'était pas la difficulté. Ce qui rendrait son entreprise ardue, ce serait le nombre de gardes. Le bébé était défendu par une véritable armée.

Unique enfant des souverains, prince mâle héritier : cela suffisait à l'exposer aux complots, et c'était des autres humains qu'il convenait de le protéger.

Deux nourrices se le partageaient. Il y avait aussi en permanence dans la chambre du nourrisson deux gardes armés, revêtus de cottes de mailles. L'un tenait une hache de bataille, l'autre une épée à double tranchant. Dans le long couloir attenant, un peloton entier stationnait. La fenêtre de la pièce où dormait Irven avait été couverte d'une grille dont les barreaux d'acier, épais comme des poignets d'homme, auraient certes pu être rompus par la sorcière, mais à quoi bon ? Pénétrant là de cette façon, elle aurait évidemment été vue par les nourrices et les gardes.

La sorcière avait mené bien des conversations pour collecter toutes ces informations. Ç'avait été, sans doute, l'un des aspetcs les plus désagréables de son aventure, car elle se plaisait à la solitude.

L'enfant, pensait-elle, pour ne pas s'emporter. *Il en vaut la peine...*

S'il y avait une chose qu'elle ne désirait pas, c'était être surprise en train d'enlever le prince. On inculque aux sorcières le goût du mystère et des malveillances secrètes.

Maudits étaient-ils, cette reine et ce roi qui l'obligeaient à échafauder des stratégies compliquées. Ne pouvaient-ils, comme tout un chacun, laisser leur enfant se faire manger, sans plus d'histoires ?

Tant pis, ce nourrisson blanc justifiait tous

ces efforts : il allait lui falloir se métamorphoser. Ce serait une tâche délicate et douloureuse, car sa peau devrait se déchirer pour offrir la place à sa nouvelle enveloppe, puis se déchirerait à nouveau quand elle redeviendrait celle qu'elle était avant la magie.

Tout d'abord – puisque la sorcière ne pouvait prendre que l'apparence d'un humain existant déjà, c'était une règle du monde obscur –, elle avait choisi sa victime. Ce devait être quelqu'un dont on ne se méfiait pas. Les nourrices, qui vivaient constamment avec Irven, auraient été parfaites, mais elles ne quittaient jamais le château. Les deux gardes armés non plus. En revanche, le capitaine du peloton, dans ce petit groupe de soldats d'élite, était une faille. La sorcière avait une sorte de flair pour déceler les fragilités humaines. Elle savait, sans jamais se tromper, quand un homme vacillait, et elle avait toujours utilisé cela à son avantage. On disait que le capitaine aimait boire mais que, puisque c'était mal vu au château, il allait parfois, à la nuit tombée, s'abreuver dans une taverne nommée *Le Merle Rouge*.

Rencognée dans le détour obscur d'une ruelle qui menait à ce lieu de beuverie, elle avait guetté, à la façon des araignées. Elle n'avait pas froid, mais elle s'ennuyait ; alors elle songeait aux cuisses du prince blanc et à la façon de les accommoder.

Au cours de la quatrième nuit, elle avait entendu un homme chantonner, et elle avait reconnu le pourpoint de velours bleu du capitaine. Comme il était seul et que la rue, à cette heure tardive, se trouvait déserte, elle aurait pu l'aborder. Mais elle avait préféré attendre qu'il soit soûl. Ce serait plus facile et plus drôle.

Les premières pâleurs de l'aube affadissaient l'éclat des étoiles quand le capitaine était sorti du *Merle Rouge*. Il chantait franchement, cette fois ; un autre individu, compagnon de soûlerie, l'accompagnait en canon.

– Messires ! s'était écriée la sorcière, surgissant de l'ombre pour exposer à la lueur de la lanterne son visage aux pommettes saillantes. Il est temps de trépasser ; vous avez vécu, sur Terre, vos vilaines heures...

Le capitaine et son comparse, un gros homme rouge au nez percé de trous comme une énorme fraise, avaient reculé d'un pas. Ils s'étaient mis à cligner des yeux, puis le capitaine avait dit :

– Tu n'es pas laide, ma foi. Tu serais même plutôt belle, ma fille.

– Très belle, avait renchéri son acolyte. Plutôt que de nous menacer, donne-moi donc un baiser.

Il avait tendu les bras, se dandinant pour attraper la sorcière.

L'idée de l'étreinte d'un mâle humain lui était si répugnante que, lorsqu'elle avait jeté son sort, elle l'avait fait avec beaucoup plus de puissance qu'il n'était nécessaire. Le gros homme s'était illuminé de l'intérieur, comme si l'on avait fait donner, dans son ventre, un feu d'artifice. Les rares cheveux qu'il conservait sur son crâne luisant avaient frisé jusqu'à devenir crépus, puis ils étaient tombés, en une fine poudre noire.

– Oh..., avait-il murmuré, et on aurait pu croire qu'il se rappelait quelque chose, mais à la vérité ce ne devait être qu'un réflexe, car il était déjà passé de vie à trépas – il s'était effondré.

Le capitaine avait sorti de son fourreau la longue épée qu'il portait au côté.

– Sorcière !

Dans son ton, on entendait la colère et l'épouvante.

– Fine déduction, avait répondu la fille des ténèbres. Donne-moi ton corps, capitaine. J'en ai besoin.

– Mon... mon corps ?

Au loin, un coq avait chanté. La ville allait s'animer, le temps pressait.

Quand elle avait bondi sur le capitaine, la sorcière avait été surprise par la rapidité du mouvement de sa proie. L'extrémité de l'épée s'était plantée dans son ventre. Elle l'avait sentie qui se frayait un chemin dans l'entrelacs de ses intestins. Le capitaine avait poussé l'acier plus avant, si bien que la pointe de l'arme était ressortie dans le bas du dos de la sorcière.

Elle avait pris son adversaire par les épaules et s'était penchée pour lui chuchoter à l'oreille :

– C'est ainsi qu'on tue une femme, j'imagine. Mais tu m'as appelée par mon nom, alors tu sais que je n'en suis pas une et qu'avec cette épée tu ne me feras rien…

Tandis qu'elle le fixait de son étrange regard, elle avait vu dans les yeux du capitaine cette terreur qu'éprouvaient toujours les humains lorsqu'ils l'affrontaient.

Attirant à elle son ennemi, elle s'était empalée jusqu'à la garde de la grande épée.

– Par la hase noire, je me fonds en toi, avait-elle dit.

Elle connaissait cette phrase en mille langues.

Le capitaine l'avait regardée sans comprendre. Il s'efforçait de retirer sa lame du ventre de la sorcière pour frapper à nouveau quand le sort avait commencé à agir.

La main de l'homme était venue se coller à celle de son adversaire, et elle s'était mise à se dissoudre en elle. Si la douleur était grande pour la sorcière, qui y était pourtant habituée, elle ne pouvait être supportée par un humain. Comme le capitaine ouvrait la bouche pour crier, la sorcière l'avait assommé d'un coup de tête. S'il fallait que la victime soit vivante, rien ne disait qu'elle devait être consciente. Dans le silence complice de la nature, la sorcière se serait amusée à entendre brailler celui dont elle volait la peau. Mais ici, dans la ville, et avec le dessein qui était le sien, de capturer le prince héritier, elle ne pouvait se permettre ce plaisir.

Pour hâter l'accomplissement du sort, elle s'était collée tout entière contre l'homme évanoui, s'allongeant au sol sur lui. Elle avait plaqué sa joue contre la barbe piquante du capitaine, et elle avait senti que tout s'accomplissait.

Sous ses muscles tendus, sous ses nerfs et ses os, elle avait éprouvé l'amollissement du corps de l'humain, qui se décomposait pour entrer en elle. Chaque pore de sa peau s'était ouvert pour accueillir sa nouvelle apparence. Elle s'était efforcée de ne pas se raidir, car elle avait remarqué par le passé que cela ne faisait qu'intensifier la sensation de déchirure.

Un chien avait aboyé. Un volet, dans une rue adjacente, s'était ouvert avec un grincement.

Puis, la magie étant achevée, la sorcière avait ôté ses vêtements, trop petits sur son nouveau corps, et avait enfilé ceux du capitaine. Ils sentaient le vin et la sueur.

Le gros homme, à deux pas, avait achevé de se carboniser. Quant au soldat déchu, il lui restait, en guise de vie, celle que ce sort immémorial lui laissait : il n'était plus qu'une peau de hase noire, au poil luisant. Il y avait eu un temps où la sorcière ramassait ces peaux afin de les garder comme trophées. Elle en avait fait des gants d'hiver, des chaussons, des coussins, et puis elle s'était lassée. Désormais elle n'en voulait plus.

En cette aube-là, elle s'était contentée d'essuyer la lame ensanglantée de l'épée avec la peau de hase, qu'elle avait ensuite jetée dans le ruisseau.

Puis elle s'était dirigée vers le château.

Jamais elle n'y avait pénétré ; tout ce qu'elle connaissait du grand bâtiment lui avait été appris par les bavardages qu'elle avait patiemment entretenus au cours de l'année précédente.

Les gardes à hallebarde en faction au pont-levis avaient salué celle qu'ils prenaient pour leur capitaine ; la sorcière s'était retenue d'éclater d'un rire sauvage tandis qu'elle marchait sur les épaisses planches de frêne du pont. Elle y était ! Enfin !

Levant la tête, elle avait ouvert grand ses narines palpitantes, pour humer les essences du château. Il y avait ici cent humains, et parmi eux, le prince blanc.

À potron-minet, peu de gens étaient levés. Seules quelques servantes, encore enveloppées de sommeil, traînaient leurs jupes dans la cour. Feignant une ivresse colossale, la sorcière s'était accroupie. Là-bas, au sud, une porte donnait accès à la tour. Et en haut de celle-ci, se trouvait la chambre de l'enfant, dont elle distinguait les barreaux, luisant dans le clair-obscur…

La nature animale de la sorcière la poussait à escalader le bâtiment de l'extérieur, pour éviter tout contact avec les humains ; mais ç'aurait été stupide. Elle n'avait pas volé la peau de sa victime pour agir ainsi.

– Capitaine !

La sorcière s'était retournée. Derrière elle se tenait une dame de haute taille, dont la robe de brocart traînait au sol. Elle avait le teint rose, ses cils étaient longs et clairs. À la main, elle tenait un hanap incrusté de pierreries, qu'elle tendait à l'être qu'elle prenait pour un autre.

– Buvez !

Sa voix était tellement douce que la fille des ténèbres en avait été transpercée. Si tous les humains avaient eu cette grâce, sans doute en aurait-elle un peu moins tué.

Elle avait saisi la coupe de métal que lui proposait la dame ; leurs doigts s'étaient frôlés, et dans cet infime contact, la sorcière avait éprouvé l'amour. Le capitaine avait été chéri par cette apparition, qui, toute la nuit peut-être, avait dû attendre son retour au château.

– Qu'est-ce que c'est ? avait demandé la fille de la nuit, avec la voix grave et un peu rocailleuse de l'homme qu'elle avait assassiné.

– Vous le savez bien, mon ami... Êtes-vous donc encore si soûl ? C'est le remède à votre ivresse, qui protégera votre foie et vous rendra vos esprits pour la journée.

La sorcière avait feint de vouloir boire au hanap et l'avait laissé tomber.

– Ah ! Voilà qu'en plus je deviens maladroit !

– Capitaine ! Capitaine ! Je suis lasse, avait soupiré la dame. Vous finirez par perdre votre poste, et ce sera le déshonneur.

Les humains n'ont ni honneur ni bonté, avait songé la sorcière. Elle s'apprêtait à répondre par une phrase lénifiante quand elle avait entendu le vagissement de l'enfant.

Irven !

Elle n'avait pas douté que c'était lui, et nul autre. Ce petit cri résonnait à son oreille comme un pépiement d'oisillon à celle d'un chat. Le prince ! Il lui fallait ce prince pâle, elle en avait trop envie.

– Je vous laisse, il faut... Je dois aller vérifier la garde ! avait dit la sorcière, et elle avait planté là, au milieu de la cour, cette dame au cœur meurtri.

Elle avait prévu dix ruses, mais il ne lui en avait fallu aucune. L'escalier en colimaçon de la tour, elle l'avait gravi quatre à quatre, et si désormais Irven s'était tu, elle savait qu'elle allait à lui. Dans le couloir de l'étage, elle avait trouvé un groupe de gardes : le peloton de surveillance. Quand l'un des soldats – géant à la barbe rousse dont la joue était entaillée par une énorme cicatrice violacée – avait lancé, sur un ton qui n'avait rien de déférent : « Mon capitaine ! On ne vous attendait pas si tôt ! », la sorcière avait compris que celui dont elle portait la peau avait depuis longtemps perdu le respect de ses hommes. Assurément, elle lui avait rendu service en mettant fin à sa triste existence.

– Je veux voir l'enfant ! avait-elle ordonné.

– L'enfant ? Vous voulez dire le prince ? À cette heure ? Mais mon capitaine...

– Par la malepeste ! Ne suis-je pas ton chef ?

Le soldat avait cherché du regard le soutien de

ses camarades, mais ceux-ci, soudain mal à leur aise, regardaient ailleurs.

– Vous êtes mon capitaine, j'obéis à vos ordres, mais souvenez-vous que la reine a interdit qu'on approche du prince quand on est...

– Quoi ? Quoi, encore ?

– Quand on est... gai, comme vous l'êtes, mon capitaine. Les nourrices seraient furieuses, elles rapporteraient tout, vous pouvez l'imaginer...

– Depuis quand de vrais hommes se préoccupent-ils de la colère des femmes ? avait demandé la sorcière, avec la malice qui lui était propre.

– Depuis qu'ils se soucient de conserver leur place, mon capitaine. Si vous...

La sorcière avait giflé le géant barbu ; comme elle était fébrile, elle y avait mis un peu plus de force qu'il n'était nécessaire, et le soldat avait volé à travers le couloir, s'écrasant enfin contre un chandelier, dans le vacarme de sa cuirasse et de l'étain.

Un murmure inquiet avait couru dans le peloton.

– Le roi ! La reine ! Vous allez les réveiller ! avait même gémi l'un des soldats, jeune homme au visage criblé de taches de rousseur.

– Je vous consigne tous dans la salle de garde ! s'était écriée la sorcière. Il est temps de payer vos insolences.

– Si quelque intrus venait à s'introduire dans

la tour ? avait demandé le jeune soldat, ses taches de rousseur ressortant plus encore sur sa peau rendue blafarde par l'émotion.

Il avait regardé la porte attenante, et la fille de la nuit avait compris qu'il s'agissait bien, comme elle l'avait espéré, de celle de la chambre d'Irven.

– Je suis là. Je veille. Y en a-t-il ici pour en douter ?

Un par un, les hommes du peloton étaient entrés dans la salle de garde. On sentait qu'ils avaient à cœur de protester, qu'ils étaient aussi courroucés qu'apeurés, mais ils obéissaient, eu égard au grade supérieur du capitaine. L'armée, avait pensé la sorcière, était une grande et belle chose.

Après que la porte s'était refermée, la fille des ténèbres avait tiré sur le pourpoint de velours du capitaine, le déchirant à moitié. Que ces vêtements puants étaient inconfortables ! Elle rêvait de ses peaux de loup, qu'elle avait laissées dans un arbre creux, entre la ville et la Forêt Ensorcelée.

Elle s'apprêtait à frapper à l'huis de la chambre du prince quand il s'était ouvert à la volée sur une femme replète, aux cheveux embroussaillés, le visage marqué par le pli d'un oreiller.

– Quel est ce vacarme ? Comment osez-vous pareil tapage à l'étage royal ? J'irai dès ce matin me plaindre…

– Tu es l'une des nourrices, avait dit la sorcière.

– Capitaine ! Je vous défends de me tutoyer ! Vous êtes encore soûl comme une vache, c'est du propre ! Vous savez que j'ai l'oreille de Sa Majesté, soyez bien sûr que cette fois... Oh ! Mais vous avez perdu la raison !

Bousculant la femme, la sorcière était entrée dans la chambre. Elle avait vu le prince. Il dormait dans son lit minuscule, d'or et de velours. Il avait dû se calmer depuis qu'il avait crié, car dans son sommeil il paraissait tranquille et heureux.

– Irven ! Je suis là pour te manger !

Elle avait chuchoté, et personne d'autre qu'elle-même n'avait dû l'entendre ; l'enfant, cependant, avait aussitôt ouvert les yeux, il avait aspiré de l'air et hurlé de toute sa voix. Irven avait grandi depuis que la sorcière l'avait vu, des mois auparavant, brandi par la reine au balcon du château.

– Mon capitaine..., avait grondé un homme, depuis le fond de la chambre, perdu dans l'obscurité.

C'était le garde à la hache. Il avait les épaules démesurément larges, et ses mains énormes pendaient au bout de ses bras enserrés dans l'armure d'acier. La sorcière avait cherché du regard le deuxième garde. Elle l'avait trouvé sur sa droite, qui tenait devant lui la longue épée. L'autre nourrice observait la confrontation depuis son lit. Cette chambre était si grande qu'on aurait pu s'y déplacer à cheval.

– Allez m'attendre dans le couloir, mes gaillards, il faut que je parle aux nourrices, avait dit la sorcière, sans parvenir à quitter des yeux l'enfant blanc, qui criait, l'obligeant à élever la voix.

– Mon capitaine, vous savez que nous ne prenons nos ordres que du roi, avait répondu le garde à la hache.

La fille de la nuit s'était approchée du lit d'or. Tant pis pour les gardes, tant pis pour ces humains imbéciles. Elle devait toucher le prince, éprouver la douceur de sa peau. Mais la nourrice qui, une minute plus tôt, était sortie dans le couloir en protestant était revenue dans son dos pour la bousculer, afin de prendre le nourrisson dans ses bras.

– Irven ! Notre bon prince ! C'est moi qui suis là ! Je vais vous protéger du méchant capitaine qui boit jusqu'à en perdre son âme ! Vous ne craignez ici ni homme ni démon !

– Présomptueuse ! s'était écriée la sorcière.

La nourrice l'avait regardée sans comprendre.

– Le vin vous a rendu idiot, avait-elle finalement sifflé.

Oubliant la promesse qu'elle s'était faite de ne pas utiliser au château de magie ostensible, la sorcière avait replié le bras, puis, le détendant, elle avait écarté les doigts.

Sous l'enveloppe d'un autre être, elle perdait une partie de ses pouvoirs. Elle avait besoin de son propre corps pour exercer la pleine puissance de ses maléfices. Il lui en restait assez, néanmoins. Les tentacules verts de l'Asslar s'étaient déployés au bout des doigts épais de celui qui avait été le capitaine.

Depuis son lit, la nourrice encore couchée – petite femme blonde, aux grands yeux bleus sans profondeur – avait poussé un glapissement d'effroi.

L'Asslar, qui dormait au tréfonds de la sorcière, n'aimait pas être réveillé. Chaque fois qu'elle faisait appel à lui et qu'il devait quitter le cœur de son hôtesse pour courir dans ses veines et jaillir de ses doigts, il était un peu plus irascible. Il ne pouvait se retourner contre la sorcière elle-même car il y aurait perdu son abri, et il n'en avait pas d'autre. Pourtant, la fille de la nuit sentait qu'il avait été près, à de nombreuses reprises, de lui cracher au visage son venin extraordinairement puissant. Avec ses huit petites gueules aux crochets acérés, qu'il ouvrait à l'extrémité de ses tentacules, l'Asslar, parfois, l'effrayait, et elle trouvait étrange que son état de sorcière l'ait amenée à abriter un être aussi glaçant.

Un des tentacules verts avait jailli en direction

de la nourrice glapissante, et le jet d'acide translucide avait frappé la victime à la gorge. Le liquide gluant était si concentré qu'il avait fait fondre les tissus, juste au-dessus du col de la chemise de nuit en lin blanc. Un sang bouillonnant avait jailli. La nourrice blonde était morte sur le coup. L'Asslar avait laissé échapper le sifflement particulier qu'il produisait quand il vainquait. Ce n'était pas un son de la Terre, mais du monde magique. Il épouvantait les humains presque autant que l'apparence du petit monstre vert.

Le garde à la hache, avait pensé la sorcière dès qu'elle l'avait aperçu, serait celui qui lui donnerait du fil à retordre. Elle avait senti chez lui un ennemi intéressant. Quand un homme était entièrement attaché au combat, on avait au moins affaire à un adversaire qui ne se laissait pas immédiatement terrasser par sa propre terreur.

Poussant un ahanement de bûcheron, ce garde avait abattu sa hache de guerre. Son geste avait été si rapide que le bras de la fille des ténèbres avait été coupé, au niveau du coude. Son avant-bras, sa main et l'Asslar, qui les prolongeait, étaient tombés sur le sol de la chambre, tandis que la nourrice irascible, qui tenait le prince contre son giron, émettait un chevrotement de panique.

– Meurs, sorcier ! avait crié l'homme à l'épée, en se fendant pour couper en deux la sorcière, qui, d'un saut de côté, s'était facilement mise hors de portée de la lame scintillante.

L'Asslar, depuis le sol, avait craché. Le terrible venin avait atteint la cuirasse du garde, ce qui lui avait assuré une seconde de répit, puis le métal s'était dissous comme du carton sous une eau bouillante, et l'acide était entré en contact avec la poitrine de l'homme. La sorcière s'était penchée pour ramasser son bras, ainsi que l'Asslar, qui sifflait pour annoncer le passage de vie à trépas de sa deuxième victime. La hache avait sifflé. La fille de la nuit avait voulu esquiver, mais ce soldat-là était décidément très habile : elle avait senti la lame qui pénétrait dans son cou, tranchant les muscles, les artères, les veines et finalement les vertèbres cervicales, puis tout avait basculé lorsque sa tête s'était détachée de ses épaules pour rouler sur le parquet marqueté de la chambre du prince.

– Je ne suis pas un sorcier, mais une sorcière, avait-elle tout de même dit.

– *Ssssssssssttltssss !* avait fait l'Asslar.

Le garde à la hache avait porté au monstre vert un coup habile et précis qui l'avait saisi au milieu du corps, là où les tentacules se rejoignaient sur sa neuvième gueule, la plus grosse. Ce soldat devait être redoutable quand il affrontait des humains, avait songé la sorcière, tandis que sa tête ballottait au coin de la descente de lit en laine, contre la couche de la nourrice défunte. Mais l'homme se battait contre la nuit, cette fois, et il n'avait à espérer qu'une mort sans gloire.

L'Asslar avait bloqué la lame de la lourde hache ; ses membres visqueux étaient plus résistants que le métal, rien n'en venait à bout. Quand le monstre avait craché, le garde avait réussi à éviter le premier jet. Connaissant la phénoménale vitesse de l'Asslar, on pouvait regarder cela comme une autre prouesse. Mais le second jet avait immédiatement frappé l'homme entre les deux yeux. Un trou s'était ouvert dans sa figure, assez gros pour qu'on puisse voir, à travers, le jour qui se dessinait à la fenêtre. Le garde avait péri debout. Avant même qu'il ne fût tombé, la sorcière essayait déjà d'assembler son bras, son corps et sa tête. Mais la nourrice qui tenait le prince Irven avait donné un coup de pied dans cette tête…

On comprenait aisément pourquoi ces gens avaient été choisis entre tous afin de veiller sur l'héritier du trône. Quand la magie apparaissait – tout particulièrement celle de l'Asslar –, la plupart des humains étaient paralysés par la crainte. Ceux-ci lui donnaient un peu de fil à retordre.

Comme sa tête avait roulé sous le lit, pendant un bref instant la sorcière n'avait plus rien vu que des moutons et des lattes de sommier. Elle avait entendu un gémissement, puis le sifflement de l'Asslar. La nourrice vindicative avait vécu.

Gonflant et dégonflant ses joues, la fille de la nuit avait réussi à faire basculer sa tête de gauche à droite, jusqu'à la limite du lit, d'où elle avait pu apercevoir son corps, ou plutôt celui du capitaine, qui commençait à l'insupporter. Que ne reprenait-elle immédiatement son apparence ? Il fallait pour cela que les différentes parties de son anatomie soient réunies.

Mais si on venait et qu'il prenait l'envie à un imbécile de se servir du feu ? Même ces ignares devaient savoir que les ténèbres redoutaient les flammes. Il était décidément temps d'en finir.

– *Khalalassss !* avait-elle lancé.

Elle aurait voulu que ce soit prononcé de toute la force de ses poumons, mais ceux-ci – ceux du capitaine – se situant alors à trois mètres de distance de ses lèvres, le cri n'avait pas été aussi puissant qu'elle l'aurait souhaité.

Le sort de sommeil avait agi malgré tout, et le prince s'était endormi. Il avait soudain traversé l'esprit de la sorcière qu'elle aurait pu lancer ce sort dès son arrivée dans la chambre au lieu d'en passer par ce carnage, mais elle avait rejeté cette idée avec un haussement de ses épaules que rien ne prolongeait : il y avait tout de même une certaine nécessité de faire le mal, qui provenait de ce qu'elle était, et qui lui dictait que se contenter d'endormir les gens aurait été le fait d'une petite nature. L'Asslar avait besoin, également, de se dégourdir les tentacules.

– *Khalalassss !* avait répété la fille des ténèbres, pour assurer le sort.

Puis elle avait tranquillement ramassé sa tête, qu'elle s'était fixée au cou en la vissant un peu, car il allait encore falloir – tant qu'elle était dans le château, en tout cas – utiliser le corps du capitaine. Le bras lui avait coûté un peu plus d'efforts : elle avait emmêlé les chairs et le tissu de la manche, ce qui donnait au membre une apparence étrange. Après qu'elle avait arrangé cela, elle avait dû récupérer l'Asslar, qui commençait à donner des signes de fatigue. L'être étrange, si redoutable, ne pouvait survivre longtemps hors du cœur de son hôtesse. Il allait en s'affaiblissant à mesure que défilaient les minutes passées à l'air libre.

Néanmoins, quand elle l'avait ramassé, elle avait senti, comme souvent par le passé, le désir qu'il aurait eu de la tuer, elle aussi, d'un de ses jets acides. Et elle avait une fois de plus, comme cela s'était produit depuis des millénaires, éprouvé elle-même la tentation de se débarrasser du monstre vert. Elle n'était aucunement dans la même situation que lui, elle n'avait pas absolument besoin de l'Asslar pour rester en vie.

Pourtant, à cette occasion comme aux autres, elle avait balayé cette pensée fugace qui la traversait tandis qu'elle croisait le regard glaçant de l'Asslar ; il était une part d'elle, il la constituait aussi, elle ne pouvait s'en défaire.

Le monstre avait étiré ses tentacules pour se mettre en position d'être accueilli par la sorcière et, lentement, il était entré par l'extrémité des doigts de son hôtesse, puis il avait couru le long des vaisseaux du bras, de l'épaule, du haut du torse, pour, de plus en plus vite, impatient, trouver asile dans son antre : le cœur battant, où il emmagasinerait des forces et reconstituerait ses réserves de venin.

Le bébé dormait sur le giron de la nourrice défunte.

– Irven ! Mon doux repas ! avait dit la sorcière.

Elle se penchait pour prendre l'enfant quand la porte de la chambre s'était ouverte sur le jeune garde à la peau criblée de taches de son. Il commençait la phrase qu'il avait préparée – « Mon capitaine, nous avons entendu du bru... » – quand il avait découvert le massacre. Une espèce de caracoulement de colombe lui avait échappé, et il avait tourné de l'œil.

– La jeunesse n'est plus prompte à se battre, voilà qui est navrant, avait murmuré la sorcière.

Elle avait bondi sur le prince pour être sûre de le tenir enfin.

– Alors, Egan ? s'était enquise une voix inquiète, depuis le couloir.

C'était bien un ton de soldat, qui forçait dans le grave pour produire l'impression d'une assurance qu'il n'avait pas.

Je pourrais en prendre une bouchée, juste maintenant, juste pour patienter, avait pensé la sorcière en contemplant Irven. *Un amuse-gueule... Et je le finirais dans la Forêt Ensorcelée. Ah, non, tout de même, un peu de volonté, reprends-toi... Bon, si, une bouchée, mais une seule...*

Le grand garde à la barbe rousse avait déboulé dans la chambre au moment où la fille de la nuit ouvrait la bouche pour mordre le derrière qu'elle avait découvert.

– Fouchtra ! avait-il grogné, ses poils se hérissant comme ceux d'un chat en colère.

Encombrée par Irven, qu'elle n'aurait lâché pour rien au monde, la sorcière ne pouvait se servir de ses bras. Elle avait sauté au-dessus du garde, pour atterrir sur sa tête, l'assommant net. Tous les hommes du peloton s'étaient rués dans la pièce en hurlant comme des perdus.

Est-ce qu'on pourrait, par les Grandes Ténèbres, me laisser manger en paix ? Est-ce vraiment trop demander ? avait songé la fille de la nuit tandis qu'elle accueillait le premier assaillant d'un coup de pied dans l'estomac. Mais elle était heureuse et n'aurait en aucun cas lancé un sort de sommeil dans un tel moment de jubilation.

– Mon capitaine ! avait bredouillé, depuis le pas de la porte, un garde qui peinait à tenir son sabre, tant il tremblait.

– Ce n'est pas le capitaine, avait contesté son voisin.

– Voilà qui est perspicace ! s'était écriée la sorcière.

– Qui es-tu, alors ? Lâche le prince, maudit ! On te rouera !

– Je suis celle qui habite vos peurs, je suis l'ombre, je marche là où vous n'irez jamais ! Je ne connaîtrai ni la roue ni aucun de vos supplices.

– Du feu ! Il faut du feu ! avait balbutié le soldat trop malin.

« Une sorcière ! Une sorcière ! Une sorcière ! »

Le mot flottait tout à coup dans la pièce. Alors, la fille des ténèbres avait entendu battre le briquet et elle avait vu la flamme que le soldat clairvoyant faisait grandir en soufflant sur la mèche d'amadou. Le désir de sarcasme l'avait aussitôt abandonnée ; elle avait choisi la fuite la plus rapide. D'une phénoménale cabriole, elle avait atteint la fenêtre, puis, gardant Irven contre sa poitrine avec son bras gauche, de la main droite elle avait arraché les lourds barreaux posés là pour protéger le prince contre ceux qui n'avaient pas la force surhumaine des êtres magiques.

Mais elle avait été négligente en remettant plus tôt son membre en place, et celui-ci s'était encore détaché. Elle se penchait pour le ramasser quand le garde barbu, venant de se réveiller, lui avait lancé un poignard de combat. La lame s'était plantée dans le haut de son crâne, comme on enfonce profondément un clou dans une planche. La fille de la nuit s'était redressée au moment où tous les soldats fonçaient sur elle, l'arme haute. Son invraisemblable allure les avait arrêtés : un bras pendant entre les dents, le manche du couteau fiché dans le crâne tel un unique bois de cerf, elle leur faisait face, et les plus vaillants des soldats du peloton s'étaient figés tandis qu'elle grondait, les défiant, campée sur des jambes qui n'étaient pas les siennes.

– Rends-nous le prince, et tu pourras aller te faire pendre, avait dit le géant roux.

La sorcière avait sauté par la fenêtre, son bras droit entre ses incisives, Irven le blanc coincé contre son giron, sans même songer à voler, tant était grande sa précipitation.

Elle avait fini sa chute dans la charrette d'un marchand de primeurs venu à cette heure matinale approvisionner les cuisines. Un marmiton, aidant à décharger les sacs de topinambours, s'était trouvé nez à nez avec celui qui, ayant l'apparence du capitaine, tenait dans sa bouche son propre bras, tandis qu'il semblait porter le prince en personne.

– Mais, mais, mais… avait-il chevroté.

La ravisseuse avait bondi hors de la charrette défoncée. Depuis la fenêtre de la tour avaient retenti les cris :

– C'est une sorcière ! Le capitaine est une sorcière ! Il a enlevé l'héritier ! Arrêtez-le !

La fille de la nuit avait vu la compréhension se frayer un chemin dans la cervelle du marmiton ; les yeux de l'adolescent s'étaient arrondis d'étonnement.

– Laisse-moi passer, enfant d'homme, avait intimé la sorcière d'une voix étouffée, car elle ne voulait pas laisser tomber le bras qu'elle coinçait entre ses dents serrées.

Le marmiton avait eu une réaction inattendue : sans une hésitation, il s'était précipité, faisant si vite qu'il avait réussi à saisir Irven. Puis il s'était rejeté en arrière et, agile, rapide comme une hermine, il avait emporté son prince, pénétrant en trombe dans les cuisines.

C'était plus que n'en pouvait supporter la sorcière. Le fauve ancestral avait pris en elle toute la place ; ses yeux, par en dessous ceux du capitaine défunt, avaient scintillé d'un éclat pourpre. On ne lui volerait pas sa proie, cet enfant blanc qu'elle s'était donné la peine de conquérir. Elle avait fiché le membre coupé dans le moignon, près du coude, sans plus se préoccuper de quelque harmonieuse apparence, elle avait arraché de son crâne le poignard, puis elle s'était élancée pour retrouver son bien.

Les cuisines étaient encombrées de marchandises. Comme on avait allumé les premiers fourneaux, il y faisait déjà chaud. Courant sur les pieds et les mains pour avancer plus vite, la sorcière avait traversé la première pièce, mais elle s'était aussitôt arrêtée : son instinct lui dictait de le faire. Là-bas ! Derrière la caisse de bois clair ! On respirait...

– Capitaine ! Que faites-vous à quatre pattes dans mes cuisines ?

Un petit homme ventripotent vêtu de blanc avait surgi, estomac en avant, d'une trappe qui s'ouvrait dans le sol. Il portait sur son épaule un gros jambon couvert d'herbes aromatiques voletant autour de lui comme du pollen dans le vent.

– Hein ? Que faites-vous donc là ? Comme ça ?

– C'est une sorcière, chef ! Prenez garde ! avait crié une voix juvénile, de derrière la caisse.

Le cuisinier avait l'âme simple et confiante. Il était de ces humains qu'on dupait sans plaisir, tant était grande leur candeur.

– Qui est une sorcière ? Où te caches-tu, marmiton, pour me faire ta blague ? Et vous, capitaine, quel est donc ce tour extravagant qui vous met ainsi le bras dans cette...

Dans les pupilles élargies de la fille des ténèbres avaient brillé les rubis du mal, et le cuisinier avait enfin compris.

– Par ma barbe ! Vous n'êtes pas le capitaine !

Comme elle avait trop soif de sang et qu'elle n'avait pu encore se rassasier de l'enfant, la sorcière avait sauté à la gorge du benêt. Mais un premier coup de louche l'avait au même moment frappée sur l'occiput.

– Meurs, sorcière ! avait hurlé le marmiton, frappant à nouveau.

Elle ne s'était même pas retournée pour lui arracher l'ustensile. Elle avait jeté sa main en arrière, puis elle avait tiré brutalement, broyant le métal entre ses doigts. Alors seulement, elle avait fait face au jeune garçon.

– Où as-tu donc appris, marmiton, qu'on affronte une sorcière avec une louche ?

Mais depuis l'arrière de la caisse de bois clair, au fond de la cuisine, Irven avait soupiré dans son sommeil. C'était à peine audible, cependant l'oreille de la sorcière était fine en ces choses. Elle avait renoncé à son projet d'extirper le cœur du marmiton et elle s'était contentée de le bousculer, l'envoyant dinguer parmi les casseroles, pour aller chercher l'enfant que ce petit imprudent avait abandonné.

Quand elle l'avait saisi, elle avait ressenti une grande tendresse, qui l'avait ravie tout entière. Chaque fois qu'elle touchait l'enfant blanc, il était plus appétissant.

Quittant la cuisine pour jaillir dans la cour, elle s'était cognée, sur le trajet la séparant du pont-levis, à la dame au hanap, qui avait regardé la sorcière, puis Irven. Ses traits s'étaient défaits.

La fille des ténèbres avait serré, plus fort encore, le bébé contre sa poitrine. Puis elle avait lancé :

– Tu as compris, je pense, que ton amour n'est plus.

Puisque la dame ne parlait pas et n'esquissait aucun geste qui aurait pu la désigner comme un nouvel ennemi, la sorcière avait éprouvé, fugace, le sentiment de sa propre méchanceté. Mais cela ne l'avait poussée qu'à aller plus avant dans la cruauté.

– Je t'ai volé ton homme et je te le volerai encore dans tes rêves, ma belle. Ta douleur sera sans cesse renouvelée, tu n'auras plus de répit.

Elle reprenait sa course vers le pont-levis lorsque la voix de la dame s'était une ultime fois élevée dans son dos.

– Sans mon beau capitaine je ne vivrai pas. Je n'aurai besoin d'aucun rêve, puisque je le rejoins.

L'amour ! La sorcière en avait les oreilles rebattues, il était le grand discours des hommes. Elle ne savait pourquoi ce sujet provoquait chez elle autant d'attirance que de répulsion.

Mais le doux parfum d'Irven l'avait rappelée à ses affaires.

Les vociférations alentour aussi.

La moitié des habitants du château étaient désormais à ses trousses. Elle avait aperçu, au sud de l'enceinte, plusieurs hommes qui couraient, des torches au poing.

Tournant sur elle-même pour évaluer la situation, la fille des ténèbres avait vu la fenêtre royale grande ouverte et la reine qui tendait les bras, statue vivante de la désolation, ses longs cheveux pendant au-delà de l'embrasure comme un paquet d'algues dorées.

– Trop tard ! avait-elle chuchoté. Il est à moi, maintenant...

Devant elle, on s'employait à relever le pont-levis et à baisser la grille épaisse qui en défendait l'accès.

La sorcière avait brandi au-dessus de sa tête le nourrisson endormi.

– Regardez-le une dernière fois ! Plus jamais vous ne verrez votre prince !

Deux cavaliers avaient surgi des écuries, forçant l'allure de leurs étalons alezans. L'un faisait tournoyer un fléau d'armes, et son compagnon lui criait :

– Prends garde au prince ! Ne le blesse pas !

Quand les humains cesseraient-ils de s'attaquer à elle avec leurs jouets grotesques ? La sorcière en était exaspérée.

Elle avait jeté des rets de glace. L'immense filet pétrifiant, qui paraissait tomber du ciel, s'était étendu sur les cavaliers et leurs montures, les faisant bleuir, puis se statufier dans leur pose guerrière. Le froid était si violent qu'un des maillons de la chaîne du fléau d'armes s'était cassé ; la lourde boule de métal aux pointes acérées était tombée sur le sol de la cour, se plantant avec un bruit mat dans la terre battue.

– Brûlez-le !

Une femme aux cheveux de paille, qui rappelait la nourrice blonde de la chambre d'Irven, s'égosillait depuis l'embrasure d'une porte.

– Brûlez-le ! Brûlez le sorcier !

– La sorcière ! J'y tiens, vraiment ! avait répondu la fille de la nuit.

Il lui avait tout de même traversé l'esprit qu'elle pourrait finir son existence dans la peau du capitaine, carbonisée dans ces vêtements sales, ce qui serait fort déplaisant.

Mais elle tenait Irven. Qui tenterait de jeter sur elle de la poix enflammée alors que l'héritier du trône dormait sur son giron ? Elle avait ri ; la femme blonde l'avait regardée avec une horreur impuissante.

– Vous n'êtes rien ! avait encore crié la sorcière, puis elle s'était lassée, soudain, comme on se fatigue de discuter avec les enfants qui ont peu de vocabulaire.

Elle avait grimpé le long du mur de la guette, plus vite qu'une belette sur un tronc. Les cris de rage des hommes qui l'encerclaient, et avaient cru déjà pouvoir mettre la main sur elle, lui parvenaient de plus en plus étouffés à mesure qu'elle approchait du toit crénelé de la haute tourelle du château. Même s'ils s'épuisaient à courir dans les escaliers, il leur faudrait un certain temps pour la rejoindre. Elle se plaisait à les imaginer, écarlates, ruisselants de sueur, avalant les marches quatre à quatre.

Là-haut, elle s'était trouvée comme une vigie surplombant un navire. Un seul soldat s'y tenait déjà. C'était un vieil homme édenté, le cheveu rare, qui ne comprenait rien aux hurlements montant d'en bas et regardait la sorcière avec ahurissement.

– Mon capitaine, mais, mais... c'est vous ! Ne croyez-vous pas qu'il est bien imprudent de grimper au mur comme vous l'avez fait ? Mais bien habile, ma foi, avait-il bredouillé. Je me rappelle qu'enfant déjà, vous étiez adroit. Votre grand-père me disait souvent... Ah, ça ! Mais vous portez un bébé, quelle folie ! Est-ce le vôtre ?

– Oui. C'est le mien.

– Est-ce qu'il n'est pas robuste, comme son père ? Ma tête est confuse, je ne me souvenais pas que vous aviez un... Mais pourquoi crient-ils tous ainsi, là en bas ?

– Je t'envoie le leur demander, avait répondu la sorcière.

Elle avait soulevé le vieil homme au-dessus du vide. Il s'était agité mollement, mettant si peu de conviction dans sa peur que la fille des ténèbres, se ravisant, l'avait reposé près d'elle.

– Écoute-moi bien, et souviens-toi, avait-elle

murmuré au vieux garde étourdi. Tu leur diras que je les salue, qu'ils sont des incapables, et surtout, tu demanderas à la reine de me souhaiter un bon appétit.

– Bon… ?

– Bon appétit. Je suis sûre qu'elle comprendra. Va-t'en, maintenant, descends vite par l'escalier, si tu ne veux le faire par les airs.

Une fois seule, la sorcière avait fermé les yeux et rassemblé ses forces, voulant joindre ses mains comme elle l'avait appris. Puisque l'avant-bras du capitaine était toujours fiché de travers dans l'articulation du coude, elle l'avait tordu d'une secousse, puis elle avait plaqué ses paumes l'une contre l'autre. Enfin, elle avait prononcé la formule :

– *Sahahteinnnn !*

Ses pieds avaient décollé du sol de pierre de la guette. La sorcière avait assuré Irven entre son vêtement et sa peau afin qu'il ne puisse tomber ; elle avait écarté les bras pour le vol qu'elle avait imité chez les oies passant au-dessus des Mille Lacs depuis que le monde était monde. Elle s'était perchée sur l'un des créneaux. Au sud s'élevaient les Monts Jaunes, demeure de l'Ogre. À l'ouest s'étendait l'immense Mer de Felfelfly. Au nord, on trouvait son refuge, sa magnifique Forêt Ensorcelée.

La sorcière prenait son envol lorsque les premiers soldats avaient surgi en haut de la guette. Elle n'avait pas voulu les voir, elle les avait seulement entendus, qui vociféraient ; elle était déjà grisée par les airs tandis qu'elle s'élançait au-dessus des remparts. Une flèche, tirée par un archer du château, l'avait frôlée ; elle était tant à son plaisir aérien qu'elle avait trouvé cela naïf, presque charmant.

Irven, bien protégé, serré entre la peau de la sorcière et le pourpoint de velours bleu, avait balbutié dans son sommeil magique.

– Oui, mon prince, l'heure du repas approche, avait susurré la fille des ténèbres.

Le vent s'engouffrait dans les cheveux du capitaine défunt. C'était moins agréable que lorsqu'elle volait sous sa véritable apparence et que sa longue chevelure était caressée par les courants chauds de l'air ascendant, mais la sorcière, quel que fût le corps qu'elle avait investi, aimait à traverser les nues.

Elle se rappelait son ravissement lorsque, pour la toute première fois, elle avait réussi à s'arracher à l'attraction terrestre par une nuit de solstice d'hiver. Les étoiles brillaient dans un ciel que n'encombraient jamais les fumées humaines, car aucun être n'avait encore appris à faire du feu. Comme son initiation lui coûtait de prodigieux efforts, la sorcière avait grimacé, geint ; elle croyait que les attaches de ses omoplates et les os graciles de son cou allaient se briser comme une fine couche de glace sous le pas d'un cerf, et elle aurait voulu renoncer, mais les forces obscures n'aimaient pas la faiblesse et, en abandonnant, elle aurait sans doute été déchiquetée. Alors, malgré la douleur, elle avait persisté dans son exercice, et elle avait enfin volé. Elle s'était élevée au-dessus des rochers aux reliefs aigus, au-dessus des buissons que la clarté lunaire rendait argentés. Elle avait survolé un couple de tigres à dents de sabre. La femelle, rendue folle par la faim qui la tenaillait, avait exécuté un bond extraordinaire, si haut que les griffes de sa patte s'étaient plantées dans la cheville de la sorcière, la ramenant brutalement au sol. Le fauve avait ensuite voulu mordre à la gorge celle qu'il prenait pour une proie.

– *Hachachinnnn !* avait dit la fille des ténèbres, très calme, car jamais les animaux n'avaient provoqué chez elle la moindre crainte.

Avec un feulement surpris, la tigresse avait reculé. Le mâle qui l'accompagnait s'était avancé, avec dans l'allure une menace, mais sa femelle lui avait fait savoir, dans la langue qui était la leur, que l'être volant ne représentait pas un repas ; juste un grand danger, qu'il fallait fuir au plus vite. La fille de la nuit avait remis en place sa cheville à moitié arrachée. Puis elle avait repris son premier vol.

Quelle merveilleuse nuit que celle du solstice ! Elle avait semblé ne plus finir, tandis que, forte de son nouveau pouvoir, la sorcière survolait le monde. La forêt, alors, n'était pas encore ensorcelée, tout était à construire. L'Ogre lui-même était jeune, dans les Monts Jaunes qu'elle avait atteints à l'aube. Elle avait trouvé la force de s'élever le long des parois de pierre safran, mais elle avait senti son énergie décliner, et avait compris qu'il ne ferait pas bon se trouver épuisée sur le flanc de ces montagnes où le pire de ses ennemis régnait en maître. L'Ogre avait ses propres règles, la magie glissait sur lui comme l'eau sur les plumes d'un canard, et il mangeait toutes et tous, sans que jamais son appétit fût mis en défaut.

La sorcière avait utilisé le reliquat d'énergie qui subsistait dans ses membres pour voleter, très bas le long des ravins, vers un terrain plus sûr. Elle avait entendu dans son dos, au détour d'un pierrier parsemé de rochers que l'aube rendait verdâtres, un frôlement, et son habitude des ruses de la nuit lui avait dicté que l'Ogre s'était caché là pour l'attraper. Qu'elle était passée près de finir dans la panse du maître des Monts Jaunes.

Le vol ! Le vol était la plus magnifique de ses aptitudes.

Cette première fois remontait à tant et tant d'années qu'on ne pouvait en tenir le compte.

Une autre flèche s'était perdue, vrombissant dans l'azur. La sorcière avait vérifié que l'enfant ne bougeait pas sous le pourpoint de velours, puis elle avait regardé vers le bas, en arrière, et avait aperçu les premiers cavaliers qui sortaient du château, cravachant leurs bêtes tandis qu'ils passaient sur le pont-levis, dont ils faisaient trembler les planches. Certains d'entre eux tendaient le bras dans sa direction.

– Nous allons nous cacher, Irven, avait-elle dit.

La sorcière avait accéléré les battements de ses bras ; comme les manches du vêtement du capitaine la gênaient, elle les avait arrachées. Elle s'était également défaite de l'épée pesante. De toute façon, les armes humaines ne lui servaient à rien.

– Ce dont j'ai besoin, ce sont mes peaux de loup !

Le vol présentait un inconvénient quand il était accompli de jour : on était vu. Les cavaliers poursuivants, et tous ceux qui traînaient à cette heure dans la plaine, pouvaient distinguer sa silhouette dans le ciel éclairci du petit matin. Il aurait été plus sûr de tenter de se rapprocher autant que possible de la Forêt Ensorcelée, puis, lorsque ses ultimes forces auraient été employées pour le vol, de courir jusqu'à se trouver à l'abri. Mais la sorcière était têtue. Elle ne renoncerait pas aux peaux de loup qu'elle avait tannées avec tant de soin. Elle se trouvait belle dedans. Aussi avait-elle feint de se diriger vers la Mer de Felfelfly, car la route qui y menait était accidentée. Les lacets poussiéreux s'y trouvaient coincés dans une profonde gorge aux parois de granite rose couvertes de buissons épineux. Une fois qu'on s'était engagé sur ce chemin, on ne pouvait que le suivre ou faire demi-tour ; et, bien plus important en cette circonstance, ceux qui s'y aventuraient ne pouvaient guère y voir plus loin ni plus haut que le bout de leur nez.

La manœuvre était hardie, car déjà la sorcière sentait la fin des forces du corps du capitaine. Il serait impossible de maintenir le vol très longtemps, et cette diversion l'entraînerait loin de la Forêt Ensorcelée.

– Oui, mais je retrouverai mes peaux, avait-elle grommelé.

Les poursuivants, mus par leur obsession de retrouver leur prince héritier, s'étaient jetés à bride abattue dans le défilé menant à la Mer de Felfelfly. Ils allaient disparaître tout à fait lorsqu'elle avait distingué, au cœur de cette meute, la toque turquoise du roi. C'était ce qu'il portait quand il chassait, car le souverain ne conservait sa couronne que pour les cérémonies du château. Ce couvre-chef était sa marque et, par déférence, personne d'autre dans le royaume ne se coiffait de turquoise.

Ainsi, le roi lui-même la pourchassait...

– Sire, Sire, quel honneur ! s'était-elle exclamée.

Une cigogne, qui volait au-dessus de la fille des ténèbres, avait fait un violent écart, surprise par cette voix dans son ciel. Le grand oiseau avait claqué du bec avant de s'enfuir en battant plus fort de ses ailes immenses.

– Tu penses comme moi, cigogne, ma cousine ? Oui, nous sommes confuses de déranger Son Altesse... Si nous avions su, nous lui aurions laissé son fils.

À peine les cavaliers avaient-ils disparu dans la gorge que la sorcière avait fait demi-tour, perdant de l'altitude jusqu'à effectuer un vol en rase-mottes, pour être le moins visible possible. Puis, ses pieds frôlant le sol, elle s'était dirigée vers l'arbre mort, où elle avait dissimulé la houppelande rouge et les peaux de loup.

À mesure qu'elle approchait de sa demeure, les bois se faisaient plus touffus. Le sac aurait pu se prendre dans les branches si la sorcière n'avait commandé aux arbres, qui s'écartaient à son passage. Les ronces, elles, plus réfractaires, n'avaient jamais pu être vraiment domptées ; elles lui griffaient les mollets, mais c'était sans importance : l'heure du repas arrivait.

Irven donnait les premiers signes d'un réveil imminent. Ses rêves l'agitaient, et on pouvait sentir, à travers la paroi du sac, les tressautements de son corps.

Il y avait désormais derrière eux plusieurs lieues de forêt au service de la magie noire. Nul ne savait, parmi les humains du royaume, que la fille des ténèbres était cachée au fond de ce bois dont les arbres, ses esclaves, défendaient l'accès en s'accrochant aux vêtements comme par accident, en s'entremêlant à dessein pour empêcher le passage des hommes.

La sorcière – à l'instar d'une marmotte au plus profond de son terrier labyrinthique – éprouvait cet abandon, cette tranquillité de l'esprit qui lui venait quand elle savait que ses ennemis ne pouvaient plus l'atteindre. Son corps se relâchait. Elle avait habité la dépouille du capitaine durant de très longues heures, et retrouver ses propres os, sa chair, lui avait procuré un tel soulagement qu'elle n'avait prêté aucune attention à la souffrance causée par la déchirure du retour en elle-même.

La peau de hase noire avait peut-être déjà, à cette heure, été mangée par les chiens et les chats.

La fille de la nuit s'accorda une dernière pause, près d'un vieux frêne qu'elle connaissait pour l'avoir dressé, un soir qu'elle était soûle de racines fermentées.

– Je me repose sur toi, lui dit-elle dans son langage de plante. Qu'as-tu à me dire, arbre ?

Comme il était d'humeur morose, il ne répondit pas. La sorcière haussa les épaules, souleva le sac, qu'elle trouvait toujours moins pesant puisque prometteur de tant de joie, et s'en alla.

Elle atteignit Tirnambana quand le soleil commençait à décliner, projetant l'ombre des fûts des chênes, des bouleaux et des trembles à travers le sous-bois. Comme s'il en avait été prévenu, Irven le blanc se réveilla tout à fait, poussant un cri.

– Tu vas découvrir mon domaine, murmura la sorcière, en ouvrant le sac. Regarde de tous tes yeux, fils de roi, ce que les humains ne voient jamais.

La demeure de cristal restait sans souillure. La fille des ténèbres aimait à la maintenir immaculée. Elle avait interdit aux arbres d'y déposer leurs feuilles, sous peine de représailles, et la mousse elle-même craignait de s'y attacher. Pourquoi imaginait-on que les serviteurs de l'occulte vivaient dans des cahutes infâmes ?

Les idées des hommes à propos des sorcières et

de leurs habitudes étaient proprement extravagantes. On parlait aussi, parfois, de maisons construites en pain d'épices et autres sucreries. On expliquait que des chaudrons de cuivre y avaient la place centrale, servant, dans ces antres, à faire cuire les enfants et les animaux sacrifiés. Quels drôles de mensonges. Peut-être les sorcières des autres contrées avaient-elles des habitudes alimentaires différentes des siennes. La fille des ténèbres, elle, en dehors de la consommation crue, qui répondait à une trop grande envie, dégustait les enfants grillés. C'était beaucoup plus sain. Elle avait également découvert sur le tard certaines épices, qu'elle trouvait sur les marchés humains. Elle disait aux marchands qu'elles relevaient idéalement les viandes ; ils se montraient très enthousiastes, ignorant que leur neveu, leur nièce ou leur petite sœur seraient peut-être bientôt agrémentés du produit de leur propre vente.

Non, elle ne vivait pas dans un taudis lugubre. La sorcière avait passé plus de trois siècles à aménager son palais de cristal. Elle y avait employé deux familles de nains, très habiles en matière de construction, mais elle ne leur avait pas abandonné la tâche, car elle désirait que les choses soient faites à sa mesure et selon ses goûts. Elle avait surveillé les travaux avec constance.

– Vos talents et ma magie, voilà de quoi faire naître une œuvre maîtresse, disait-elle.

Mais les nains n'étaient pas idiots et, derrière la flatterie, ils sentaient le danger. Leur accord était fragile. La fille des ténèbres leur offrait chaque mois une caisse d'hydromel, dont les petits bâtisseurs étaient très friands, mais qu'ils ne savaient concocter aussi bien que le faisait leur employeuse. Ils avaient également le droit temporaire de chasser dans la Forêt Ensorcelée.

Cet accord avait persisté jusqu'à ce que Tirnambana soit achevée, brillant des couleurs du prisme, extraordinaire dans le sous-bois. Puis, évidemment, la sorcière avait tué les nains. Elle les avait ensuite enterrés, en guise de fertilisant, sous les rosiers qu'elle avait plantés.

– Tu vois, Irven, le secret d'une cuisson parfaite, c'est la saisie.

Elle avait posé l'enfant sur la large planche à découper qui trônait, souveraine, dans sa cuisine, et soufflait sur les braises du large gril au-dessus duquel s'ouvrait une hotte de bois blond.

– Parce que, n'est-ce pas, autrement tout le sang s'en va, et l'on se retrouve avec quelque chose de sec, ce qui est très dommage.

Le prince blanc ne pleurait plus. Il reposait sur le dos, et les parois de cristal, tout autour de lui, donnaient à sa peau des reflets bleutés. Quand il ne bougeait pas, il ressemblait à une statue de marbre.

D'ordinaire, la sorcière, quand elle était à Tirnambana, ne parlait plus la langue des hommes.

Mais en ce jour, elle se surprenait à tenir au bébé un discours qu'il pouvait entendre. Décidément, rien n'était semblable, avec celui-ci. Cela promettait un délice exceptionnel.

– Tu as l'œil éveillé, mon prince, dit-elle en se rapprochant de l'enfant. Tu aurais fait un roi plein de sagesse, comme ton père. Ton peuple d'idiots aurait été content de toi, et tu aurais trouvé à te marier avec l'une de ces belles…

Comme elle sentait que naissait en son sein un sentiment qui l'affaiblissait, la sorcière ramassa le couteau à la lame effilée, qu'elle avait encore aiguisée pour l'occasion, et le leva, désirant faire vite.

– Arlana ! dit Irven, distinctement, comme s'il avait eu une voix d'adulte.

La sorcière souffla. Ses doigts laissèrent échapper le couteau, qui tomba sur son pied, lui entaillant un orteil. Elle n'y prêta pas attention. Elle fit un pas en arrière et, dans son idiome millénaire, chuchota :

– Comment connais-tu mon nom ?

Partie 2

Chapitre 1

– Nara est la plus belle des filles de cette Terre, je l'affirme !

– Elle est un peu sombre, à mon goût.

Le long garçon blond au visage harmonieux cligna plusieurs fois des yeux et répondit :

– Turi, ne mets pas à l'épreuve notre amitié.

– Ah ! Phelan, tu défends cette princesse étrangère comme si c'était ta promise… Tu l'as aperçue une seconde ! Je l'ai vue aussi longtemps que toi, assez pour remarquer qu'elle est noire comme le charbon.

– Cela lui convient, c'est sa beauté. As-tu remarqué ses cheveux, comme sur sa tête ils…

– On dirait un buisson !

– Un buisson de mousse délicieuse. Et ses dents, blanches, telles des perles de nacre…

– Phelan… de toute façon, elle n'est plus. Garde ton cœur et ton désir pour une fille vivante.

– Moi, je sais qu'elle vit.

– Folie ! L'Ogre l'a déjà…

Phelan se leva d'un bond.

– Rien du tout ! Tais-toi ! Tais-toi, Turi, parce que je n'en supporterai pas plus !

Son ami posa une main sur son bras, voulant le forcer à se rasseoir.

Comme il n'y parvenait pas, Turi se dressa lui aussi, renversant sur la table le contenu de son bol d'avoine. Le lourd bonnet dont il s'était coiffé glissa, et la masse de ses longs cheveux bleus coula sur son visage. Les yeux de Phelan se posèrent une brève seconde sur cette chevelure ; ce fut suffisant pour que Turi se mette à son tour en colère.

– Quoi ? Qu'est-ce qu'il y a ? Qu'est-ce que tu regardes, l'étranger ?

L'emportement de Phelan s'était déjà éteint. Il avait d'ordinaire un caractère égal, une douce ironie, et une gaieté qui lui venait de sa mère ; il était, en ce jour, étonné d'avoir élevé la voix. La passion qu'il éprouvait pour la princesse du royaume des Trois Vagues avait embrumé son raisonnement.

– Je ne regarde rien, Turi, mon ami, dit-il en riant à moitié.

Les deux garçons, séparés par la table, se considéraient.

– Il va falloir se battre, grogna Turi.

Par bravade, il jeta son bonnet au sol.

– Encore ? gémit Phelan.

– Tu m'as insulté en te moquant de mes cheveux, et je t'ai traité d'étranger. Si tu refuses de m'affronter, ton sang ne vaut pas plus que du jus de navet.

– C'est un légume très sain. « Qui mange du navet gagne une année ! »

– Je vais te faire payer ton insolence !

– Ça y est, ça recommen…

Phelan esquiva d'un mouvement de tête vif le premier coup de poing que Turi lui avait soudain porté par-dessus la table. Il saisit le poignet de son ami, tira, et le garçon aux cheveux bleus s'étala sur l'avoine renversée.

– Et voilà, tu es tout sale… en plus de tes cheveux bleus !

Turi siffla de fureur. Il voulut se remettre debout, mais il glissa sur le tablier de bois gluant et se cogna le menton.

– Tu t'es fait mal ? demanda suavement Phelan, avec une fausse inquiétude qui décupla la rage de Turi.

– *Aaaarhhh !*

Ils avaient le même âge, mais Turi était beaucoup plus massif que Phelan. À seize ans, il dépassait en taille et en carrure tous les hommes de Cairnbaan, et il était même plus fort que le maréchal-ferrant.

Mais le garçon blond était extraordinairement rapide. À neuf ans déjà, il avait intercepté en plein vol la flèche d'un chasseur. Comme on ne le croyait pas, il avait voulu renouveler cet exploit en public, le jour de la fête du petit village, où tous les hommes alentour – pas seulement ceux du château qui jouxtait Cairnbaan – se rendaient chaque année. On était là au centre du royaume des Mille Lacs, et la fine fleur s'y rejoignait, le temps de trois jours d'agapes.

Phelan avait demandé que deux archers tirent simultanément leurs flèches sur lui, et on s'apprêtait à exécuter sa demande lorsque sa mère, Venetia, avait surgi. Avec son accent chantant, elle avait lancé :

– Avez-vous, pour de bon, perdu l'esprit ? Vous ! Des hommes faits ! Tirer des flèches sur mon fils !

Comme elle était d'ordinaire si douce et qu'elle intimidait par sa droiture et sa gentille réserve, chacun sur la place s'était senti un peu fautif.

Turi souleva la grande table de chêne et la brandit au-dessus de sa tête. Un os cliqueta dans son épaule.

– Oh ! Oh, l'ours ! Pose-moi ça ! dit Phelan.

– C'est sur ta tête que je vais la poser, *humpf*...

– Tu ne voudrais pas blesser ton meilleur ami ? Ton frère ?

– *Humpf !*

– Non, non ! Je suis bleu de peur ! Euh, non, vert, je voulais dire vert – je me suis trompé de couleur, c'est idiot...

La table vola à travers la cuisine, rasant les tresses claires de Phelan, puis s'écrasa contre le mur dans un fracas de fin du monde. Turi s'immobilisa ; son expression changea tandis qu'il prenait conscience de ce qu'il venait de faire.

– Alors là, dit Phelan, après un long silence, je crois qu'on peut affirmer sans l'ombre d'un doute que tu as battu tous tes records. Elgin va nous pendre avec nos propres tripes.

– Elgin !

Turi blêmit. Il se pencha pour ramasser son bonnet, roula ses cheveux en une sorte de chignon et les cacha sous la laine sombre, qu'il enfonça jusqu'à ses sourcils.

– Il faut redresser cette table ! dit-il encore.

– Alors, tu ne veux plus me tuer, l'ours ?

– Je n'ai jamais voulu te tuer. Juste te donner la bonne leçon que tu mérites, espèce de...

– *Nttt, nttt*... Tu t'énerves à nouveau !

– Tu sais ce qui se passe quand on me parle de mes cheveux... C'est ta faute !

– Je n'ai pas dit un mot là-dessus, au départ. Je t'ai juste regardé.

– Oui, mais ton regard est vicieux et sournois.

– Puisque tu tiens à parler de couleur : ne venais-tu pas de critiquer la peau noire de la princesse Nara ?

– Je ne l'ai pas critiquée, j'ai osé affirmer que ce n'était pas mon goût. Et puis c'est assez, cette fille n'est pas ta femme ! Juste une étrangère, de sang royal qui plus est, alors même si elle n'était pas morte, personne ne te laisserait seulement lui adresser la parole, espèce de gueux. Tu prends parti pour une inconnue, contre ton ami d'enfance ? C'est navrant.

– Ai-je bien entendu, tout à l'heure ? « Étranger » ? C'est ça, ta belle amitié ? C'est ainsi que tu m'as appelé, n'est-ce pas ?

– Oui ! Je n'y peux rien si tu n'es pas né à Cairnbaan.

– Et ce n'est pas ma faute non plus si, dans votre pitoyable famille, on a les cheveux bleus.

– Bon ! Cette fois, je te casse tous les os de...

La porte d'entrée de la maison claqua, et Elgin cria :

– Phe... Phelan ? T... t... tu es là ?

Turi se recroquevilla comme une feuille d'automne et murmura, dents serrées :

– Iiich… ton père !

– Mon beau-père, rectifia Phelan.

Il s'efforçait au détachement, mais le cœur n'y était plus.

– V… v… vous allez vous rendre à la scierie…

– Oui, Elgin.

– Et vous y couperez vous-mêmes les p… p… planches…

– Oui, Elgin.

– Vous… vous… vous les ra… raboterez et les poncerez…

– Oui, Elgin.

– Turi, mon g… g… g… garçon, arrête de m'interrompre avec tes « oui » ridicules, et cesse de hocher la tête comme un benêt !

– Oui, euh, non, je veux dire, oui !

Le maître d'armes posa le pied sur la table cassée. Il se tourna vers Phelan et le considéra comme on observe un curieux insecte.

– Vous aurez d… d… dix-sept ans dans quelques mois, n'est-ce pas ? Qu'est-ce que je faisais, moi, à votre â… âge ?

Il fit semblant de réfléchir, agitant doucement entre ses doigts le gantelet de mailles de fer qu'il gardait toujours sur lui.

– Ça y est, je me s… souviens : j'étais sergent d'armes, et je menais ma section au combat lors de la troisième guerre c… contre les orques.

Turi, qui n'y tenait plus, laissa échapper :

– Il n'y a plus de guerres depuis une éternité ! Autrement, moi aussi, je…

Le regard glacé d'Elgin éteignit sa tirade.

– Je… je suis bien certain que tu te précipiterais pour te b… battre, et tu te ferais tuer à la première es… escarmouche. C'est bien beau de casser les tables, mais, comme me le disait mon maître, le b… bois ne rend pas les coups.

– Je soulève plus de huit cents livres, et je peux jeter un tonneau de bière plein au-dessus de l'arbre aux pendus !

– La lame d'un adversaire trouvera pourtant un chemin jusqu'à ta p… panse, Turi. Et je ne te parle là que des ennemis humains. V… vous irez donc à la scierie, vous me ferez de belles planches lisses, et avec ces planches, vous me c… construirez une table neuve qui vaudra celle que vous m'avez cassée. Ça, c'est pour votre p… peine commune. Parce que toi, Phelan, tu ne t'en tireras pas à si bon compte.

Turi glissa derrière son oreille une mèche bleue qui s'était échappée de son bonnet.

– Non, Elgin, laissez-le, je vous en conjure, tout

est entièrement ma faute. C'est moi qui ai cassé la table, il n'a rien fait.

– Q... q... qui es-tu, mon garçon, pour me conjurer de quoi que ce soit, sous mon propre toit ? Sors d'ici. Tu attendras mon fils à la sci... scierie.

– Votre beau-fils, corrigea Phelan.

Chapitre 2

Sur la table, qui avait été remise sur ses pieds et tenait de guingois, Elgin posa son coude. Le bois émit un léger craquement.

– T… tu es un excellent bretteur, Phelan. T… très bientôt, tu seras meilleur que moi. Ne fais pas cette tête, c'est une réalité que je dois ad… admettre. Cer… certains garçons – très peu, en vérité, mais tu fais partie de ceux-là – semblent nés une épée à la main. En revanche, il y a une part de toi qui n'a pas grandi, et t… tu ne peux con… continuer à agir comme un enfant.

– Elgin, vous étiez au château, aujourd'hui,

n'est-ce pas ? Est-ce qu'on y a reçu des nouvelles de la princesse Nara ?

– N... ne change pas de sujet, j... j... je te di... disais que...

– Y a-t-il encore quelqu'un, chez nous, qui la cherche ? Et les ambassadeurs des Trois Vagues sont-ils toujours là-bas, près des Monts Jaunes, au cas où elle réapparaîtrait ?

– Elle est m... morte, Phelan.

– Non !

– Ta mère m'a d... dit que tu lui avais parlé de la princesse, que tu avais en... entraperçue quand elle est passée près de chez nous. C'était une fille singulière. Quelle idée de se déplacer à cheval, au lieu de rou... rouler en carrosse comme le réclamait son rang. Il ne lui serait rien arrivé, alors... Sa f... fantaisie lui a coûté la vie.

– Mère vous a rapporté ce que je lui ai dit à propos de la princesse Nara ?

– Pourquoi pas ? Ce n'est pas un b... brûlant secret, si ? Il paraît que tu as t... tenu à Venetia un discours extravagant.

Phelan rougit. Jouant avec l'une de ses tresses blond cendré, il s'efforça de lancer une phrase pleine d'esprit, mais comme il ne trouvait rien, il se contenta de répondre :

– Oui.

Le maître d'armes regarda sans sourire le long garçon à la moue boudeuse et laissa échapper un soupir.

– De... depuis que tu es petit, tu es plus sentimental qu'une fille.

– Pourquoi, Elgin, les hommes seraient-ils privés du droit d'aimer ? Ma mère m'a dit que l'amour n'est pas une faiblesse, mais une force.

– Venetia a rai... raison, comme toujours, mais cette phrase n'est pas de circonstance. C'est ainsi qu... que les choses se passent quand on est s... sans expérience : on met les m... mauvais mots sur ce qu'on ressent. Qu... quand on a vu une jolie fille l'espace d'une seconde, on ne l'ai... l'aime pas.

– Si ! Si, je l'aime ! D'ailleurs, je vais...

– T... tu vas partir pour les M... Monts Jaunes.

– Exactement. Je compte m'en aller demain, et rien...

– Tu... tu aimes tant ta promise imaginaire que tu v... veux la rejoindre dans l'estomac de l'Ogre. C'est touchant. V... vous serez digérés ensemble ; je te comprends, c'est un destin enviable.

– Je le vaincrai ! Je tuerai l'Ogre.

Le maître d'armes frappa la table du plat de sa main ; le meuble s'effondra sur ses genoux, mais il ne parut pas y prêter attention.

– Assez d'enfantillages grotesques, Phe... Phelan ! Les pouvoirs de l'Ogre sont sans limite, et nous pouvons nous estimer heu... heureux que son appétit se borne à marquer la frontière de notre royaume, au sud. P... personne ici – et surtout, surtout pas toi – n'ira lui donner l'idée de s'en prendre à nous. S'il qui... quitte ses monts et vient dans notre plaine, rien ne pourra l'arrêter. La vie d'une princesse étrangère n'est rien, en regard de la p... paix des Mille Lacs. Quand notre bon prince Irven le blanc a été enlevé il y a quinze ans, on l'a recherché partout, partout, tu m'en... m'entends ? Mais il n'est venu à personne l'idée imbécile d'aller traîner dans les M... Monts Jaunes. Ce que nous n'avons pas fait pour le fils de nos souverains, nous le ferions pour une fille des T... Trois Vagues ? Reprends-toi ! Tu n'iras nulle part sans mon ordre, est-ce bien compris ? Et p... pour l'instant, ce que je t'ordonne, c'est d'arrêter de railler Turi à propos de sa chevelure. Il... Il... Il n'est pour rien dans le fait que son grand-père a tué une licorne, et la souillure héréditaire des cheveux bleus n'est pas facile à p... porter.

– Lui-même a critiqué la couleur de Nara !

– On... on se d... demande si tu as bien ton âge, Phelan.

– Vous avez raison, je ne suis pas encore assez versé dans les ruses des adultes, mais peut-être est-ce simplement que je répugne à dissimuler.

Le garçon mesurait sa propre insolence. Pourquoi ne pouvait-il s'empêcher d'affronter Elgin ? Le maître d'armes effrayait tout le monde, mais lui continuait à tenir tête à cet homme de fer.

Il lui paraissait qu'il avait toujours agi ainsi, depuis sa toute petite enfance. Devant son beau-père, il perdait son humour ; Elgin réagissait à cela avec raideur. Pourtant, un soir, alors qu'il venait de fêter son huitième anniversaire, Phelan, passant devant la chambre de ses parents, avait entendu les paroles du maître d'armes :

– Venetia, j'aime votre en...enfant comme si c'était le mien, et plus encore, car c'est le v... vôtre. Voilà maintenant six ans que je vous ai épousée, et, ma foi m'en soit t... témoin, chaque jour, mon inclination pour vous se fait plus t... tendre.

Phelan avait imaginé l'expression du visage de sa mère, qui entendait, prononcées uniquement pour elle, les douces paroles du guerrier. Elgin ne se comportait ainsi qu'avec son épouse.

Turi était assis, mains entre les genoux, devant la scierie. Phelan accéléra le pas pour rejoindre son ami. Comme toujours lorsqu'il retrouvait celui qu'il appelait « l'ours », il avait envie de rire et de crier. Elgin avait peut-être raison : une part de lui devait être restée dans l'enfance.

– Nous avons une table à construire !

– Non. C'est moi qui l'ai cassée, c'est donc à moi de tout faire.

– Oui, mais Elgin a bien précisé qu'il voulait une belle table. Si on lui présente un ignoble assemblage de planches disjointes…

Turi ouvrit la bouche, la referma. Un large sourire illumina son visage.

– Tu as l'air bien stupide, avec ton bonnet enfoncé jusqu'aux yeux, tenta encore Phelan.

Mais le sourire de Turi s'élargit encore.

– J'avais gardé deux doublons pour me payer un agneau rôti à l'auberge, dit-il. Tant pis, j'achèterai les planches avec. Regarde-moi faire, et admire mon travail, espèce de bon à rien de feignant.

– Très bonne idée. Je t'aiderai tout de même un peu, car je n'aime pas que tu te ridiculises…

– Entrons, le patron nous attend. Je lui ai déjà demandé de préparer du chêne rouvre. Ce sera dur à travailler, mais rien n'est trop beau pour Venetia.

– Pas pour Elgin ?

– Euh… N'en prends pas offense, Phelan, mais,

sur ma vie, je préfère absolument le genre de beauté de ta mère.

– Je vais vraiment partir, Turi. Demain matin, avant l'aube, je quitte Cairnbaan pour les Monts Jaunes.

Sur le tablier du meuble neuf que Phelan et lui avaient terminé en deux jours, l'ours passait l'extrémité de ses doigts, pour essayer d'y déceler la moindre aspérité qui lui aurait échappé. Il fronça les sourcils.

– Je ne peux pas croire que tu ailles faire une ânerie pareille. Elgin te retrouvera avant que tu ne sois arrivé là-bas, et il te fera passer le goût du pain...

– Ce que je ne peux pas croire, moi, c'est que tous aient abandonné la princesse Nara sans plus chercher à lui porter secours. C'est invraisemblable.

– Voilà pourquoi je ne fais pas confiance aux chevaux. Le pur-sang de la princesse, animal prétendument si noble, qui s'emballe à cause d'une piqûre de guêpe et l'entraîne dans les Monts Jaunes ! Quelle ironie ! Et quelle mort stupide ! Pour commencer, moi, je ne les aurais pas longés, ces monts maudits. Et mon cheval à moi, s'il avait fait mine de prendre cette direction, je l'aurais assommé...

– Elle n'est pas morte.

– Bien sûr que non. Elle joue à cache-cache depuis des jours. Et, tant qu'on y est, tu n'es pas têtu du tout.

– Tu as raison, Turi. Un cheval, ce n'est pas ce qu'il te faut. Une chèvre, c'est intelligent. Si seulement il y en avait d'assez solides pour porter ton poids...

– Je suis fils de charron, moi, pas de maître d'armes. Je n'ai de toute façon pas les moyens de me payer un cheval...

– La vérité, c'est que tu as toujours eu peur de monter !

– Moi ? Moi ? Je préfère ne pas répondre.

– Tu crains les chevaux !

– Une scierie ? C'est donc dans une scierie que tu as choisi de mourir ? Bon, si c'est ta décision, mon petit Phelan....

– Ce n'est pas grave, d'avoir peur. L'admettre, c'est le début de la sagesse. Ha ! Ha ! Raté ! Tu es trop lent, l'ours !

Chapitre 3

Allongé sur sa couche, le long garçon blond songeait à ses parents. Comment sa mère avait-elle pu s'éprendre d'Elgin, l'homme à la triste figure, qui passait ses journées à ferrailler quand il ne s'abîmait pas dans le souvenir des compagnons perdus au cours des guerres de sa jeunesse ? Le maître d'armes avait passé cinquante printemps sur cette planète, il avait connu les anciennes batailles de frontière. Que pouvait bien lui trouver son épouse, de quinze ans sa cadette ?

Les femmes, sans doute, étaient étranges. Venetia avait dû lire dans ce visage couturé de cicatrices, dans cette perpétuelle grimace austère, une douceur qui avait échappé aux autres.

Phelan remua, s'étira.

Sa mère et lui étaient arrivés à Cairnbaan quelque temps après que son père, Teague le marin, s'était noyé en pêchant dans la Mer de Felfelfly. Venetia, folle de chagrin, n'avait pas supporté de demeurer là où son bien-aimé avait péri ; emportant son fils unique, elle s'était lancée au hasard des routes, et ses pas l'avaient conduite dans ce petit village de la plaine jouxtant le château royal. Bien sûr, Phelan ne se rappelait pas tout cela ; il était, alors, trop petit. Venetia, blonde et rose, n'était elle-même encore qu'une très jeune femme.

Que savait-il de Teague ? Qu'il était grand et qu'il avait une barbe noire. Mais Phelan aurait été incapable de dire si c'était là le souvenir de ce qu'il avait vu ou si Venetia le lui avait tant raconté, à sa demande, que cela s'était gravé dans son crâne.

– Ton père était beau, lui répétait sa mère.

Mais comme lui avait les cheveux aussi clairs et bouclés que ceux de Venetia, il en était venu à penser qu'il ne ressemblait guère, physiquement, à Teague.

Qu'en était-il de son caractère ?

Fréquemment, sa mère lui avait affirmé combien le marin était gentil et généreux. Mais pour ce qui était de la vaillance, à l'évidence, en ce qui concernait les armes, il n'y avait rien à raconter. On n'emportait pas de javelot de guerre ni de sabre sur une barque de pêche. Des filets, tout au plus. Qu'y avait-il de glorieux à affronter des poissons ?

– Le courage de ton père est résumé dans sa fin, avait dit Venetia à Phelan. Ce ne sont pas des êtres que l'on combat, lorsqu'on est sur la mer, mais la mer elle-même. Elle est cruelle et sans âme. Elle m'a pris mon homme. Je l'ai fuie pour qu'elle ne me ravisse pas mon fils.

Cependant, pour le jeune ignorant, il n'y avait de bravoure sans véritable adversaire. Les éléments étaient un ennemi trop vague. Comme il ne trouvait pas dans l'évocation de son père de quoi satisfaire son besoin d'admirer, il s'était tourné vers son beau-père.

Si cet homme, à ses yeux déjà vieux, l'exaspérait par son austérité, il ne pouvait s'empêcher d'être intimidé par l'histoire de sa vie. Le maître d'armes ne s'était-il pas opposé à une fée ? Cela ressortissait d'une autre hardiesse – plus impressionnante encore – que celle d'affronter les orques en terre étrangère. Car les fées étaient imprévisibles.

Elgin ne racontait jamais ses aventures. C'était Venetia qui avait expliqué à Phelan ce qui s'était produit, un jour où le garçon s'était, une fois de plus, moqué du bégaiement de son beau-père.

– Sous le sceau du secret, je te le révèle, mon fils. Et que plus jamais, ensuite, je ne t'entende railler la diction d'Elgin.

Son ton inhabituellement solennel avait impressionné le petit garçon qu'il était alors, et il avait écouté.

– Chacun sait que les fées aiment les sources. Elles s'y baignent, elles y boivent, et à la nuit elles y tiennent conseil. Ce jour-là...

– Est-ce que vous avez déjà vu une fée, Mère ?

– Non. Écoute donc... Elgin revenait d'une longue bataille, qui avait opposé les armées des Mille Lacs et les orques des Terres du Nord. Comme il était épuisé par le combat, qui s'était étiré sur trois jours pleins, il s'est endormi à l'ombre d'un eucalyptus. Lorsqu'il s'est éveillé, il a découvert qu'il était seul.

– Où était-ce, exactement ?

– Au nord, très loin, là où nous n'irons jamais. Le chariot de ravitaillement contenant les vivres et la boisson était parti avec le reste de la troupe, et Elgin avait très soif. Les Terres du Nord sont connues pour leur climat sec et la grande rareté de leurs cours d'eau. Il est très facile d'y mourir ; un peu partout, on y trouve des carcasses de grands animaux terrassés par la chaleur.

– Mais Elgin, lui, n'est pas mort !

– À l'évidence, non… Il a eu l'intelligence de rester à l'ombre jusqu'à ce que le soleil décline, et il ne s'est mis en route que lorsque la température a été supportable. Il savait que deux choix, seulement, s'offraient à lui : rattraper très vite la troupe ou trouver de l'eau dans cette nature hostile. Si au matin il n'avait pas réussi dans l'une de ces deux entreprises, son corps ne supporterait pas une journée de plus.

– Et les fées ? Que viennent faire les fées dans cette histoire ?

– Un peu de patience, Phelan. La nuit tombait sur les Terres du Nord. Quand le soleil se couche, là-bas, le paysage devient rouge, puis mauve, à mesure que l'obscurité s'étend.

– Ce n'est pas comme ici ?

– Non, mon fils, ce n'est pas comme ici. Les Terres du Nord sont sauvages.

– Vous y êtes allée, n'est-ce pas ? Vous en parlez comme quelqu'un qui connaît cet endroit.

– Oh non, Phelan. Je n'ai jamais quitté le rivage de la Mer de Felfelfly, jusqu'à ce que je t'emmène avec moi sur les routes qui nous ont conduits ici. Mais Elgin est un bon conteur, il a pu me décrire ces paysages avec beaucoup de justesse.

– Moi, je ne sais toujours pas pourquoi il est bègue !

– Tu vas le savoir. Elgin a donc confectionné une torche avec ces branches d'épineux que l'on trouve dans les Terres du Nord et dont la sève s'enflamme comme de l'huile. L'obscurité était presque totale, car le croissant de lune n'était qu'un mince fil dans les nues. La température était encore tiède, mais bientôt le froid viendrait car, en ces étranges territoires, on cuit le jour et on gèle la nuit. Il faut que tu imagines, Phelan, un pays où les arbres sont rares et rabougris. Où les pierres sont reines et rendent, quand le soleil a disparu, la chaleur que l'astre leur a donnée, avec une curieuse odeur de poudre noire, comme celle qu'on utilise, tu sais, pour les feux d'artifice des fêtes… Dans cet âcre parfum, Elgin avançait, épuisé ; sa langue, gonflée par la soif, était dans sa bouche comme un corps étranger. Parfois, il butait presque contre le squelette de quelque animal mystérieux, dont les os étaient trop longs, les côtes trop larges, pour que cela ne soit pas inquiétant. Plusieurs fois déjà, il avait entendu, derrière un rocher qu'il longeait, un soupir, un frôlement, mais il ne savait pas ce qui se cachait là. Les orques, qu'il venait de combattre si longtemps, ne se comportent pas ainsi. Elgin, en cette nuit, avait peur.

– C'est impossible ! Elgin n'est pas un lâche, il n'a jamais peur !

– Tout le monde a peur. Tu sais la différence, Phelan, entre un lâche et un héros ? C'est juste ce que l'on fait de sa peur.

– Je ne comprends pas, Mère.

– Tu te rappelleras un jour ce que je viens de te dire, et cela prendra tout son sens, mon fils. Elgin, donc, était effrayé par cette obscurité peuplée de bruits qu'il ne pouvait identifier, baignée d'odeurs hostiles. Il tenait sa torche dans une main. Dans l'autre, il assurait la poignée de son épée. Il avait calé dans son dos son épieu de guerre, afin de pouvoir aisément le saisir et le lancer si quelque créature venait à s'en prendre à lui. Sa langue gonflait toujours ; il lui paraissait qu'il pouvait, d'un instant à l'autre, s'effondrer pour ne plus se relever. Et puis, alors qu'il marchait depuis des heures, Elgin a aperçu des lueurs bleutées. Il s'est approché. Deux fées étaient là – il était impossible de se tromper car, si elles lui tournaient le dos, il distinguait leurs ailes.

– Comment, Mère, sont les ailes des fées ?

– Chut ! Elgin sait ne faire aucun bruit lorsqu'il marche – il l'a appris de son père –, et il dit que cela lui a sauvé la vie à de nombreuses reprises. Ainsi, les deux fées ne l'avaient pas entendu.

– Elles n'avaient pas aperçu sa torche ?

– En vrai guerrier qui connaît les ruses de la nuit,

il l'avait éteinte, bien entendu, à l'instant où il avait vu les lueurs. Ces fées étaient un peu différentes de celles qu'on peut rencontrer ici : plus petites, elles avaient en revanche de très grandes ailes rose pâle, qui ne laissaient pas le moindre doute quant à leur véritable nature. Mais, aussi incroyable que cela puisse paraître, Elgin ne leur prêtait guère d'attention. Ce qu'il voyait, c'était l'eau ! Les fées baignaient leurs pieds minuscules dans une cuvette de roche qui recueillait le jaillissement d'une source souterraine. Elles étaient…

Le pas d'un cheval avait résonné devant la maison, et depuis l'extérieur on avait crié :

– V… Venetia ! Phelan ! Me… me voilà rentré, plus tôt que je ne l'espérais !

– Oh, non ! Vous finirez l'histoire tout à l'heure, n'est-ce pas, Mère ? avait imploré le petit garçon.

Chapitre 4

– Alors, Mère ? Alors, alors ? Qu'a fait Elgin quand il a vu les fées ?

Il avait fallu attendre deux jours avant que Venetia se retrouve seule avec son fils assez longtemps pour pouvoir terminer son récit, et Phelan avait cru mourir de curiosité.

Sa mère était aussi occupée que le maître d'armes. Elle confectionnait des pâtisseries pour les riches marchands de Cairnbaan et, quand l'occasion s'en présentait, il lui arrivait de faire d'énormes gâteaux destinés à la cour royale. C'était rare cependant, car, depuis la disparition de leur fils, les souverains s'étaient enfermés dans la mélancolie ; il n'y avait jamais de fête au château. Venetia se levait à l'aube et se couchait parfois très tard, puisque, selon son désir, elle travaillait toujours seule. Elle prétendait que la pâtisserie était une science exacte et que personne ne devait, par sa présence, déranger les savants calculs menant à une génoise parfaite, à une crème méticuleusement dosée. Même Phelan n'avait jamais accès au laboratoire où les plus délicieux de ses rêves s'élaboraient.

Mais, au bout du compte – enfin ! –, ils s'étaient retrouvés à la maison, avec suffisamment de temps pour reprendre le récit fabuleux.

– Les fées ! Les fées ! Les fées !

– Oui, oui, voilà... Elgin a vu les deux fées aux ailes roses, mais il a aussi senti l'eau fraîche de la source, et quand on est en train de périr de soif, il n'y a rien de plus attirant que cela dans le grand univers. On se jetterait dans la gueule d'un dragon si on y trouvait une goutte d'eau.

– Un dragon, vraiment ? Vous croyez, Mère ?

– Tu n'as jamais eu soif pendant plus d'une minute, grâce aux bons soins de ta maman ; autrement, tu ne poserais pas la question. Elgin a abandonné épée et épieu, puis, en bousculant les fées, il s'est jeté dans la vasque de pierre qui recevait l'eau de la source.

– Elgin a bousculé les fées ! C'est pour cela qu'elles l'ont rendu bègue !

– Non.

– Ah bon ? Il leur a fait autre chose ? Il les a éclaboussées ?

– Il a commencé par boire, jusqu'à ce que son ventre soit gonflé. Il a bu, et bu encore. Quand il a eu fini de se remplir de cette bonne eau qui lui rendait la vie, il a pris conscience que les fées n'étaient pas parties. Elles le regardaient. Elgin était un jeune homme magnifique, à la fière allure, aux larges épaules ; il avait l'habitude du regard des femmes. Mais pas, évidemment, de celui des fées. On ne sait pas grand-chose des fées et de leurs goûts...

– Elles sont d'une sublime beauté ! On raconte aussi qu'elles font danser les gens de force et qu'elles emmêlent les cheveux des dormeurs...

– Oui, Phelan, mais on sait également qu'elles peuvent tuer.

– Les fées aux ailes roses ont essayé d'assassiner Elgin ? Est-ce qu'au moins il avait repris son épée ?

– Une épée ne sert à rien face à une fée, mon fils. Et puis ces fées-là n'ont pas tenté de tuer Elgin.

– Qu'est-ce qu'elles lui voulaient ?

– Elles désiraient lui plaire. Il l'a compris à leur façon de l'observer à travers leurs longs cils dorés.

– Ces fées des Terres du Nord ont des cils dorés ? Et elles voulaient épouser Elgin ? Deux fées en même temps, qui plus est ! Le pauvre ! Pourquoi souriez-vous, Mère ?

– Pour rien... Il y a eu, paraît-il, un très long silence, que ni les fées ni Elgin ne rompaient. Seul s'élevait dans la nuit le friselis de la source se déversant dans la vasque.

– D'où provenait la lumière bleue ?

– Des fées mêmes. On dit que, dans notre contrée des Mille Lacs, les fées émettent à la nuit une lueur orangée ; il semblerait que là-bas elles produisent dans l'obscurité une sorte de halo bleu. Ou bien ces couleurs changent-elles selon leur humeur du moment. Personne ne le sait précisément, je crois.

– Que s'est-il passé, après le long silence ? Elgin a-t-il embrassé les fées pour s'en débarrasser ?

– Ha ! Ha ! Ha ! Non ! Il les a bien regardées. La plus petite des deux fées portait une sorte de tunique argentée, nouée à sa taille par un ruban. L'autre ne portait rien du tout.

– Oh !

– C'est une honte, n'est-ce pas ? Comment peut-on se promener toute nue, et en volant dans les airs ? En tout cas, l'autre fée – celle à la tunique – s'est enfin adressée à Elgin, dans une langue qu'il ne connaissait pas mais qu'il a tout de même comprise.

– Quelle était cette langue ? Est-ce qu'Elgin a pu vous répéter comment elle sonnait ?

– Les humains oublient la langue des fées aussitôt qu'ils se sont éloignés d'elles. C'est l'un des effets de leurs magies.

– Mais Elgin se souvient-il du sens de leurs mots ?

– Oui. Celle à la tunique lui a dit : « Juge notre danse. » Ensuite, les deux fées des Terres du Nord se sont élevées au-dessus de la vasque de pierre et, dans leur lueur bleue qui se reflétait sur l'eau, elles ont lentement tourbillonné. Elgin m'a dit qu'il n'avait rien vu de plus beau, au cours de ses longs voyages. Ces êtres du petit peuple ont dansé pour le jeune soldat. Lorsqu'elles s'élevaient un peu plus haut en battant de leurs ailes, leur halo se confondait avec le scintillement des étoiles, et elles laissaient dans leur sillage une sorte de poudre phosphorescente du même bleu, qui se dissipait peu à peu. Ce n'est pas sans raison qu'on utilise le mot « féerie » pour décrire un spectacle éblouissant. Elgin était marqué par le souvenir récent des morts atroces que certains de ses compagnons avaient connues durant la guerre contre les orques, et il n'y avait pas de place en lui pour le désir charnel : trop grands étaient son chagrin, son dégoût et son effroi. Mais il a été touché par la grâce infinie des fées qui dansaient dans la nuit des Terres du Nord, au milieu de nulle part, et il a éprouvé dans ses os cette vérité, qui était que cette contrée appartenait au petit peuple, non aux humains.

– Qu'est-ce exactement que le petit peuple, Mère ?

– Il est constitué des elfes, des trolls, des gnomes, des lutins et de certaines autres créatures des pays lointains. Ailleurs, on l'appelle « le bon peuple », ou « les bonnes gens ». Mais, attention, cela ne veut pas dire pour autant que les trolls ou les gnomes sont toujours gentils ! Minuscules parfois, ils sont tout de même redoutables.

– Mère... la magie des fées qui dansaient pour Elgin n'était pas mauvaise, hein ? C'était une bonne magie ?

– Oui, mon fils. C'était une bonne magie que celle-ci. La danse des fées a duré très longtemps, car lorsqu'elles se sont enfin reposées dans la vasque, y baignant leurs ailes pour les détendre, l'aube venait sur le pays de pierre. La température avait beaucoup baissé ; Elgin, arraché au sortilège du merveilleux spectacle, a frissonné. Les fées le considéraient à travers leurs cils d'or, et celle qui ne portait pas de vêtement lui a demandé : « Qui, de nous deux, danse le mieux ? »

– C'était un piège !

– Non, c'était une coquetterie. Elgin a répondu sans réfléchir : « Vous. C'est vous qui avez accompli la plus belle danse. » La fée nue a battu des ailes, de contentement, et elle a exécuté, juste au-dessus de l'eau de la vasque, un cercle parfait dans l'air frais de l'aube.

– Mais l'autre fée n'a pas été contente...

– Non. Elle a saisi sa compagne par l'extrémité de l'une de ses ailes, puis d'une secousse l'a tirée à elle, jusque dans l'eau. Elle a émis un sifflement aigu, et Elgin a compris qu'il s'agissait d'une terrible insulte.

– Les fées se sont battues ?

– Comme des chauves-souris du monde obscur, comme des furies ! Elgin n'avait jamais observé pareille rage, même au cours de ses dures batailles. Il ne voyait plus qu'une boule bleuâtre indistincte, faite de petits bras, de petites jambes et d'ailes chiffonnées. D'étranges malédictions résonnaient, lancées par les voix pointues des fées. Elgin se sentait trop faible pour repartir sur les chemins, et il serait bien resté à l'ombre des grands rochers, près de la vasque, à boire de l'eau en attendant que le soleil se couche, mais la violence des fées, contrastant tristement avec le prodigieux et apaisant spectacle qu'elles venaient de lui offrir, était plus que ce qu'il pouvait supporter. Il a ramassé son épieu, son épée, et il s'apprêtait à s'en aller, quand... Oh, mais je vois qu'il est bien tard, Phelan. Tu devrais être endormi depuis longtemps. Je finirai mon récit demain.

– Mère ! Vous ne pouvez pas faire ça !

– Je le peux, et je le fais ! Bonne nuit, mon fils.

– Votre cœur est de pierre ! Je crois que je ne vous aime plus beaucoup.

– Ce n'est pas grave, Phelan. J'aime pour deux.

Chapitre 5

Les Monts Jaunes l'attendaient. Là-bas, il trouverait l'Ogre, et puis Nara, qu'il sauverait. Il avait un destin chevaleresque, il n'en doutait pas. Il possédait aussi, comme Elgin, une âme aventurière. Comment avait-il pu attendre aussi longtemps, cloîtré dans Cairnbaan, ce village insipide, et dans cette région, même, où rien ne s'était passé depuis l'enlèvement du prince Irven, quinze ans plus tôt ? Les Mille Lacs étaient une contrée habitée par des gens prudents, qui y menaient une petite vie moutonnière. Le maître d'armes devait se sentir bien vieux, pour demeurer là après avoir traîné ses guêtres dans les endroits les plus dangereux...

Les orques ! Les fées des Terres du Nord !

C'était autre chose, cela donnait envie de vivre, et chaque jour, dans ces enchantements, avait sans doute le goût du sang ou de la foudre. À quoi bon s'ennuyer ici, en attendant son tour d'être vieux et peureux ? Il saurait bien convaincre Turi de l'accompagner sur ces routes nouvelles ; l'ours était trop fort pour ne pas désirer éprouver sa puissance autrement qu'en portant tonneaux et enclumes. C'était juste l'Ogre qui effrayait son ami. Le maître des Monts Jaunes lui faisait plus peur que tous les gobelins, les dragons, les orques, la grande cohorte du monde obscur. On avait instillé la crainte du monstre affamé dans tous les cerveaux d'enfants de Cairnbaan. Il était le grand ennemi, plus terrifiant encore que la sorcière qui, dissimulée sous les traits du capitaine de la garde, était allée ravir, jusque dans son berceau, l'héritier royal, pour le manger.

Mais la soif d'évasion de Turi était aussi grande que la sienne. Phelan ne doutait pas qu'il viendrait à bout de sa résistance et que, dans quelques heures désormais, l'ours le suivrait dans sa quête.

Tout de même ! Elgin avait parlé à des fées ! Il aurait pu les toucher ! Qu'éprouvait-on quand on posait le doigt sur la peau d'une fée des Terres du Nord ?

Phelan aurait volontiers accepté de bégayer pour le restant de ses jours en échange d'une pareille rencontre. Et, maintenant qu'il avait grandi, il ne considérait plus de la même façon la nudité de la fée aux ailes roses. L'idée le troublait, et il n'y voyait en tout cas plus rien de scandaleux.

– Veux-tu que je termine mon récit, interrompu hier ? lui avait demandé Venetia, presque dix ans auparavant.

– Je voudrais savoir, Mère, ce qui s'est passé quand Elgin a voulu quitter les fées aux ailes roses.

– Eh bien… il y a eu une pluie de tenttis.

– Que dites-vous ?

– Les Terres du Nord, dans leur étrangeté, ont fait pleuvoir sur Elgin et les fées des milliers, des millions de tenttis.

– Mais qu'est-ce que cela ?

– Ce sont des bêtes à nulles autres semblables. Elles pourraient évoquer des insectes, si on les observait de loin. Mais, en se penchant sur elles, on leur découvre douze paires de bras qui se terminent par des mains exactement identiques à celles des humains, en miniature cependant.

– Oh ! Et quelle est l'apparence de leur tête ? Est-ce qu'elle ressemble à la nôtre ?

– Leur face, m'a dit Elgin, est très proche de celle

d'une mante religieuse. Les tenttis se sont donc abattues sur…

– Comment Elgin connaît-il le nom de ces créatures ?

– Les fées l'ont crié, dès qu'elles les ont vues tomber sur elles. D'une voix terrifiée, elles ont hurlé : « Tenttis ! Tenttis ! » Puis elles se sont recroquevillées en plaquant leurs mains sur leurs oreilles. Évidemment, Elgin n'y comprenait rien, sauf qu'il y avait là un danger redoutable. Car les fées sont des êtres magiques puissants, et il est peu de choses, en vérité, qu'elles redoutent. Il les a donc imitées, s'accroupissant et se bouchant les oreilles. Las, il a vite compris que cela ne suffirait pas. Les tenttis s'étaient accrochées à ses cheveux, à son vêtement ; il essayait bien de les chasser, mais elles étaient trop nombreuses. Elles ont commencé à œuvrer.

– Elles… elles voulaient manger Elgin ?

– Non, Phelan. C'était de son cerveau qu'elles avaient faim.

– Elles ont voulu entrer par ses oreilles ? C'est pour ça qu'il fallait mettre les mains dessus ?

– Elles n'avaient pas besoin d'entrer, mon fils. Les tenttis se nourrissent à travers les cheveux, la peau et les os. Leurs ondes pénètrent dans le crâne et sucent ce qui s'y trouve.

– Comment peut-on se protéger de ces horribles bêtes, Mère ? Si Elgin est vivant, c'est qu'il a trouvé un remède !

– Ce n'est pas lui qui l'a trouvé. La fée – celle qui avait dansé le mieux – lui a sauvé la vie. Elle lui a crié, dans sa langue qu'il ne connaissait pas mais qu'il comprenait tout de même : « Ne pense plus, humain ! » Tout à coup, il a compris que les tenttis se repaissaient non de son cerveau exactement, mais des réflexions qu'il y articulait. Il ne lui restait, déjà, que très peu de temps ; il avait la tête confuse, elle se vidait comme un cheval de bataille à l'artère fémorale sectionnée par une hache. Alors, Elgin a accompli ce qu'il m'a décrit comme une chose presque impossible, surtout quand on est harcelé par un danger mortel : il a cessé de penser.

– Qu'ont fait les tenttis ?

– Elles ont crissé de frustration. On aurait cru, m'a dit Elgin, le bruit de grains de sable que l'on frotte entre ses mains. Un bruissement très léger, mais qui, multiplié par millions, a résonné dans le cercle de pierres de la source comme le chuchotement du mal lui-même. Et puis, après sans doute s'être assurés qu'il n'y avait là plus rien dont ils auraient pu se nourrir, ces êtres sont partis ; ils se sont envolés, nuée de criquets hideux, en quête d'autres proies. Ils se déplaçaient, paraît-il, dans un silence de songe.

– Est-ce que la tête d'Elgin n'avait pas trop été vidée par les tenttis ?

– Je suppose que non. A-t-il l'air d'un idiot ?

– Non, Mère. Elgin a-t-il remercié la gentille fée ?

– Il a commencé par se présenter, comme tout homme de bien. « Je suis Elgin, soldat du royaume des Mille Lacs, a-t-il dit. Et toi, qui es-tu, que je puisse bénir le souvenir de celle qui m'a sauvé ? » « Zi », a-t-elle répondu. Puis, comme Elgin écartait les bras, croyant qu'il s'agissait d'une expression féerique qu'il ne comprenait pas, elle s'est planté un doigt sur la poitrine en répétant : « Zi ! »

– La fée nue aux ailes roses s'appelait Zi ? Quel drôle de nom !

– Certes, mais tu conviendras avec moi, mon fils, qu'on le retient facilement. Elgin s'est tourné vers l'autre fée, celle qui portait la tunique d'argent ; il a compris au premier regard que celle-ci ne lui avait pas pardonné son choix, concernant la danse. Il a su qu'elle ne lui aurait pas conseillé de ne plus penser ; que, sans doute, elle regrettait qu'il n'ait pas été tué.

– Les fées sont bien rancunières !

– Cette fée-là, en tout cas. Elgin n'a jamais connu son nom. Le soleil s'élevait sur les Terres du Nord, et Zi a dit : « Nous devons rentrer. » Elle a désigné le trou, dans le sol, par lequel s'écoulait l'eau de la source.

– C'est-à-dire ?

– Elgin non plus n'a pas immédiatement compris. C'était un trou minuscule, à peine assez grand pour permettre, en apparence, le passage d'une musaraigne. Mais Zi et sa compagne s'en sont approchées. La fée nue a regardé Elgin, et ses yeux seulement ont parlé. Il semblerait qu'on puisse ainsi discourir longtemps.

– Mais… Mère ! N'êtes-vous pas un peu jalouse ?

– Une humaine serait bien mal inspirée de se comparer à une fée. Et puis Zi a permis à Elgin de vivre, alors comment pourrais-je lui en vouloir ? Enfin, c'est moi, et pas elle, qui ai passé toutes ces années auprès d'Elgin, mon beau maître d'armes.

– Mais si, un jour, Zi revenait et que, par exemple, elle demandait un baiser à Elgin…

– Les Terres du Nord sont loin ; jamais mon homme n'y retournera.

– Oui, mais Zi, elle, pourrait venir jusqu'ici.

– Elle a dû être très occupée, mon fils, et je suppose qu'elle l'est encore. Les fées ont leurs affaires, qui ne sont pas celles des hommes. En tout cas, en ce matin des Terres du Nord, après ce discours muet,

Zi s'est penchée, puis elle s'est introduite dans le trou si petit de la source, produisant des éclaboussures irisées dans la lumière orangée de l'aube.

– Les fées avaient-elles toujours autour d'elles le halo bleu ?

– Je ne sais pas. Zi a disparu dans le trou de la source, comme si elle avait pu comprimer à l'infini son corps, qui paraissait pourtant en tout point semblable à celui d'une petite femme, si on ne prêtait attention aux ailes roses. Puis ç'a été le tour de la fée à la tunique argentée. Elle se penchait vers le trou lorsqu'elle a paru se raviser. Faisant face au jeune soldat, elle a murmuré : « Tu peux encore changer d'avis. Je danse mieux qu'elle, n'est-ce pas ? » Elgin a soudain senti que tout danger n'était pas écarté, que cet être magique pouvait encore lui nuire. Il aurait été très facile de répondre par l'affirmative, afin de calmer le dépit de cette fée capricieuse. Mais ç'aurait été, d'une certaine façon, trahir Zi, et il ne pouvait s'y résoudre. Alors il a juste dit : « Non. » Fronçant un sourcil, la fée à l'habit d'argent a tendu le petit doigt vers Elgin. Juste cela. Puis elle a souri. Ce n'était pas un sourire bienveillant. Elgin a su qu'il s'était passé quelque chose de mauvais, sans savoir quoi. La fée jalouse s'est engouffrée à la suite de Zi, la source s'est remise à couler normalement, et Elgin s'est retrouvé seul.

– Il n'est pas allé regarder dans le trou ?

– Je ne crois pas. Il s'est allongé à l'ombre d'un des dolmens et a attendu, près de la source, que le soleil se couche, puis il est parti. Trois jours lui ont été nécessaires pour rejoindre la troupe. Quand il s'est approché d'une sentinelle, il a crié : « C... c'est m... moi, El... Elgin ! » Il a porté une main à ses lèvres. À présent, il savait ce que lui avait fait la créature rancunière qui vivait sous la terre en compagnie de Zi et sortait avec elle, la nuit, pour dégourdir ses ailes.

Chapitre 6

Phelan se leva. Il regarda la pièce qu'il allait quitter et que, peut-être, il ne reverrait jamais. Se trouvaient là les reliquats de son enfance : un dragon de feutre que Venetia lui avait confectionné lorsqu'il avait quatre ans et les épées de bois avec lesquelles il avait appris, d'Elgin, l'esquive, la taille et l'estoc. Depuis quelques mois, quand il posait les yeux sur ce passé à la fois récent et très ancien pour lui, il éprouvait un mélange d'exaspération et d'attendrissement. S'il aimait le petit garçon qu'il avait été, il ne vivait plus que pour devenir un homme.

Le garçon blond coiffa ses longs cheveux, puis il les tressa rapidement. Il nota qu'il était essoufflé, et cela lui déplut, car il comprenait que son émotion le submergeait. Il voulait, à l'instar d'Elgin le maître d'armes, offrir en toute circonstance une apparence imperturbable. Au moins dans cette chambre n'y avait-il personne pour le voir.

Il ramassa son épée qu'il gardait toujours, la nuit, sur sa descente de lit.

– Te voilà prêt en cas d'invasion des orques ! lui disait Venetia, avec cette façon qu'elle avait, dont on ignorait quelle était la part d'ironie.

Comme sa mère était aussi gentille que railleuse, il ne savait que lui répondre.

Ce n'était pas une lame de grande qualité. L'épée était longue mais fragile. L'acier n'en avait pas été cent fois forgé, comme celui des armes d'Elgin. L'ancien soldat avait à ce sujet une philosophie que Phelan avait fini par admettre : on gagnait son épée, sa lance, sa masse et sa hache au combat ; on n'allait pas à la guerre, débutant, avec les plus fins aciers. Simplement parce qu'on ne les avait pas encore mérités.

– Si on est mort, cependant, on n'a plus grand-chose à mériter, commentait Venetia.

Elle pouvait être querelleuse quand il était question de répandre le sang. Elgin, qui d'ordinaire écoutait son épouse, fixait alors le vide en silence, ce qui était sa manière de marquer sa désapprobation à la femme qu'il aimait.

– Mais si, enfin, Mère ! L'acier se gagne ! lui lançait invariablement Phelan. Je comprends ce que dit Elgin !

– Tout cela n'a en définitive guère d'importance, mon fils, puisque tu ne combattras personne...

– Qui peut décider de cela, Mère ? Les méchants sont partout, et ils peuvent avoir envie de nous envahir !

– Ce n'est pas vrai, Phelan. Il y a peu de méchantes gens.

– Et les êtres mauvais des autres mondes ?

– Ils ne viendront pas ici, car ce royaume est béni.

– Une sorcière a pourtant enlevé le prince Irven !

– Ce fut un crime extraordinaire. Affreux. Mais cela ne s'était jamais produit auparavant et ne se reproduira pas.

– Si Elgin ne s'était trouvé alors en terre étrangère, je suis bien certain qu'il aurait empêché que le prince soit tué !

– Une armée n'aurait rien pu y faire, mon fils.

À pas de loup, Phelan sortit de la maison et referma doucement la porte. Il lui restait un peu de temps avant le chant du coq, mais il lui fallait se hâter, car Elgin se levait tôt pour pratiquer ses exercices d'escrime. Le jeune homme crut entendre les respirations puissantes et forcées du maître d'armes, qui chaque matin offrait au vent sa poitrine nue, musculeuse, couverte de cicatrices longues ou petites, profondes ou larges, chacune d'elles marquant le souvenir d'un ennemi vaincu dans la peine. L'épaule gauche de son beau-père était fendue, les fibres en étaient entaillées de telle façon qu'on pensait, à observer cette terrible blessure, que le membre devait être inutilisable. Mais Elgin en avait recouvré l'usage à force d'acharnement. « Là où il y a une volonté, il y a un chemin » : c'était une phrase qu'il avait prononcée, et dont Phelan se souvenait.

– Qui vous a coupé l'épaule ? avait-il un jour demandé.

– Un o... orque.

– Comment était-il ? Est-ce qu'il était très grand et très fort ?

– P... pas spécialement. C'était un orque des La... Lagunes. Ils sont tous grands et forts, ils se gavent de poissons. Ils répandent une odeur p... pestilentielle.

– Que lui avez-vous fait, vous ?

– T... tu connais la réponse à ta question.

– Quand même, dites-le-moi !

– Je l'ai tué. Reprenons l'exercice. T... tiens ton bâton plus droit, et bien devant toi, si tu veux voir un jour la couleur d'une é... épée.

Il n'y avait que quatre chevaux dans l'écurie. Les jumeaux shire avaient péri d'une pneumonie un mois auparavant, ensemble, après une sortie par une pluie glacée dont ils ne s'étaient ni l'un ni l'autre remis. Ç'avait été un immense chagrin de voir agoniser ces deux grandes bêtes qui semblaient immortelles. Restaient les chevaux communs, en apparence moins robustes.

Phelan avait réfléchi pendant la nuit entière à celui qu'il conviendrait de choisir. Balla était le plus beau et le plus endurant. Swo était si capricieux qu'on n'en venait jamais à bout, mais il était aussi d'une grande intelligence. Akkar et Koura, de vieilles juments, courbaient la tête sous le joug ou les rênes, et elles avaient depuis longtemps vécu leurs meilleures années.

Le cheval de combat d'Elgin, lui, était hébergé dans les écuries du château, et puis ç'aurait été un sacrilège de voler son destrier à un guerrier.

À la maison, Balla était celui que Venetia montait le plus souvent. Mais une pâtissière avait-elle besoin d'un si bon cheval pour porter ses tartes ? Ce n'était pas sérieux ! Phelan avait jeté son dévolu sur lui. Il saurait le mener longtemps, et puis, en le chevauchant, on avait fière allure ; l'encolure frémissante, il semblait toujours parader.

Le garçon laissa tomber près de la stalle le sac dans lequel il avait fourré des vivres, une gourde de peau remplie d'eau citronnée et un peu de linge. Les chevaux l'avaient accueilli par leurs habituels frémissements expirés, qui ressemblaient à des soupirs, et que Phelan aimait tant pour une raison qui lui était inconnue. Les juments avaient légèrement piétiné la paille, Balla avait encensé, et Swo avait écarté ses narines pour une grimace qui pouvait signifier n'importe quoi.

Balla flaira le sac, par-dessus la porte de la stalle.

– Nous allons vivre de grandes aventures ! lui chuchota Phelan.

Swo, depuis sa stalle, éternua. Cet animal, songea le garçon, avait le don de voler toute solennité aux moments les plus émouvants. Il regarda le cheval ; il aurait pu jurer que cette bête insolente venait de lui faire un clin d'œil.

Phelan alla chercher sa selle et ses fontes, qu'il avait pour devoir d'astiquer à la graisse après chaque monte, si bien qu'elles brillaient dans le clair-obscur de l'écurie. Fini, tout cela ! C'en était terminé des tâches ingrates. Là où il allait, il n'y aurait pas de ménage, pas de besogne triviale, mais de hauts faits, un air nouveau où tout aurait un sens. Quand il aurait libéré Nara, la belle princesse des Trois Vagues, il l'épouserait, et ils s'aimeraient encore plus grâce à ce lien sacré. Ensuite, parce qu'elle lui serait si reconnaissante de l'avoir sauvée, son épouse le laisserait bien entendu partir, de temps à autre, accomplir de nouveaux exploits. On chanterait un jour ses aventures autour d'un feu, et chacun se rappellerait son nom.

– Phelan, fils de Teague le marin, élevé par Elgin le preux ! marmonna-t-il en levant la selle pour la poser sur le dos de Balla. Fils de Venetia, ajouta-t-il.

Alors, il suspendit son geste.

– Si tu fais quoi que ce soit pour nuire à mon prestige, je te mange. Par tout ce que j'ai de sacré, j'en fais le serment. Je te coupe en morceaux, que je fais cuire, et le problème des vivres à venir sera réglé de la meilleure façon.

Il parlait à l'oreille de Swo, qui semblait l'écouter avec une grande attention, dénuée de toute inquiétude. Phelan assura sa prise sur les rênes, puis vérifia une fois encore que les lambeaux de tissu dont il avait recouvert les sabots du cheval tiendraient, le temps de s'être éloigné de la maison sans avoir à battre le pavé de la cour avec quatre fers trop bruyants.

Le garçon s'était attendu à ce que le cheval hennisse, mais ce dernier s'était tenu tranquille et, le village disparaissant derrière eux, Phelan défit les chiffons avant de sauter en selle d'un bond agile.

– Pour l'aventure ! Pour Nara ! Pour la...

Swo, levant le cul avec énergie, propulsa Phelan par-dessus sa tête ; le long garçon blond s'écrasa sur la terre battue de la route. Une mésange charbonnière s'envola d'un fourré attenant, lançant dans la pénombre des trilles affolées.

– Maudite rosse ! geignit Phelan. Je savais que...

Il se releva en tâtant la grosse bosse en œuf de pigeon qui se formait déjà sur son front.

– ... que j'aurais dû choisir Balla !

Était-il encore temps de retourner faire l'échange ? Non, le jour venait. Elgin allait ouvrir les yeux. Bientôt sa mère viendrait dans sa chambre pour le réveiller, et elle y trouverait le mot qu'il y avait laissé :

Je pars rejoindre mon destin. Il faut que l'honneur des Mille Lacs soit lavé, et la princesse sauvée. Soyez fière de votre fils, prenez grand soin de vous. Nous nous reverrons, c'est presque certain.

Il se demandait maintenant si le « presque » ne risquait pas de provoquer chez Venetia quelque inquiétude, mais il n'était pas un homme de lettres. Tout était dit, et cela devrait suffire.

Phelan boita jusqu'à pouvoir toucher les rênes, mais l'animal recula, juste assez pour ne pas être saisi.

– Tu vas mourir encore plus tôt que prévu, sale bête, menaça le jeune homme, furieux.

Le cheval découvrit ses dents en faisant frémir sa lèvre supérieure. Les taches blanches, sur sa robe noire, paraissaient dans la pénombre avoir une vie autonome.

– Tu te moques bien de Nara, égoïste, grogna encore le garçon.

Swo, sans autre raison apparente que son caprice, s'approcha. Phelan, quand il les eut saisies, eut envie de cingler le traître avec les rênes pour soulager son désir de vengeance immédiate, mais il se rappela qu'Elgin, longtemps auparavant, lui avait dit : « Frapper un cheval est une infamie. Ces animaux pèsent dix fois ton poids, et il leur serait très facile de te tuer. Il faut être à la hauteur de leur mansuétude, alors qu'ils nous laissent même monter sur leur dos ! »

– Allons, il est temps, dit Phelan à Swo. Mène-moi aux Monts Jaunes, aide-moi à sauver ma princesse.

Chapitre 7

Turi devait le rejoindre sur la route dès qu'il aurait fini de cercler les roues de charrettes que son père lui avait demandé de terminer pour une soudaine commande du château. Qu'était-ce que cette tâche dérisoire, en regard de la princesse étrangère attendant désespérément de l'aide ? Mais Phelan connaissait le sens du devoir de son ami, qui n'aurait pour rien au monde laissé choir ses parents dans une telle situation. Les charrons n'étaient pas riches ; une telle commande représentait l'aubaine d'une année. Et puis Turi ne croyait-il pas que Nara, fille des Trois Vagues, était déjà morte ?

Des charrettes ! C'était tout de même absurde.

Au moins son ami allait-il le retrouver plus tard. Oui, il viendrait, c'était certain.

Mais... si par malheur Turi devait faire défection ? Il faudrait affronter seul les Monts Jaunes. Malgré son exaltation, Phelan sentit une goutte de liquide froid couler le long de ses reins ; il frissonna. Tout cela n'était plus du ressort de sa seule imagination : l'Ogre attendait, là-bas, sa part de bêtes et d'humains. Comment pouvait-on tuer celui qui ne mourait pas ? Cet être incarnait l'épouvante éternelle, le danger sans cesse renouvelé.

Pour la première fois de son existence, le long garçon blond eut vraiment peur. Ce n'était pas une de ces craintes passagères qui le saisissaient, enfant, lorsqu'il lui fallait rencontrer une nouvelle personne ou marcher dans un bois un peu sombre. Phelan reconnut la sueur froide dont lui avait parlé Elgin, celle des veilles de bataille. Qu'avait dit Venetia, des années auparavant ? Quelle était la différence entre un lâche et un héros ?

L'essentiel était de se souvenir que même les plus vaillants des guerriers avaient le droit d'être effrayés.

Turi, l'ours toujours furieux, qui semblait ne redouter ni divinités ni démons et réclamait des guerres à mener, des ennemis à vaincre, craignait l'Ogre – il l'avait assez dit. Il n'était pourtant pas un couard. Peut-être Phelan était-il animé par le grand amour qu'il éprouvait pour la princesse des Trois Vagues et cela lui donnait-il la force d'affronter ce que tous appréhendaient ? Oui, c'était cela, très certainement.

– L'amour ! clama le garçon, en éperonnant son cheval.

Swo émit un bref hennissement, mais consentit à partir au galop.

Lorsqu'on quittait Cairnbaan, la route qui se dirigeait vers les Monts Jaunes était fleurie et large. Cependant, à mesure qu'on y progressait, elle se resserrait, puis se faisait moins gaie. Phelan s'y était déjà aventuré par le passé en compagnie de Turi, mais toujours les deux garçons en venaient à faire demi-tour, car il y avait à chaque fois un prétexte pour les ramener au village : il était l'heure de souper, Elgin attendait Phelan pour un exercice, les charrons avaient besoin de l'ours pour livrer une brouette, Venetia avait la veille réclamé de l'aide pour porter des pâtisseries à un banquet…

La vérité, que le jeune homme reconnaissait aujourd'hui, était que cette route devenait vite sinistre. Personne ne l'empruntait, à moins d'y être obligé.

« Cette princesse des Trois Vagues a été bien inutilement imprudente », avait-on commenté après que Nara s'était fait enlever. « Il y a cent contrées aux Mille Lacs qui valent qu'on les explore, quand on ne connaît pas nos terres. Quelle idée absurde d'aller ainsi à la frontière longer les Monts Jaunes, que personne ne regarde sans déplaisir ! »

Phelan, quant à lui, avait trouvé dans cette lubie princière un autre motif d'admiration. La belle Nara, à la peau noire et aux dents blanches, aux cheveux de mousse exotique, devait être elle aussi éprise d'aventure. Peut-être, dans le secret de son cœur téméraire, avait-elle désiré apercevoir l'Ogre ?

– Si c'est le cas, avait raillé Turi, elle a dû le voir de très près. Sans doute l'a-t-elle même visité de l'intérieur...

Pourquoi l'ours s'obstinait-il à ne pas comprendre la passion qu'éprouvait Phelan pour l'élue de son cœur ? Était-ce ainsi que l'on parlait d'une princesse en détresse ? Le garçon blond n'avait pu faire autrement que de se battre contre son ami.

Le soleil déclinait à l'horizon quand Swo refusa d'avancer. Il avait déjà montré des signes d'impatience, s'arrêtant selon son bon vouloir pour brouter l'herbe du bord de la route, et Phelan avait dû l'exhorter, l'insulter, puis le supplier afin qu'il reprenne son trot.

À présent, il ne faisait plus un pas. Le jeune homme tendit ses jambes dans les étriers pour observer les alentours.

Depuis de longues heures, il avait dépassé ce qu'il connaissait de la route des Monts Jaunes. Les fermes qu'il avait aperçues au début de son trajet, jouxtant le chemin, s'étaient faites plus clairsemées, puis il n'y avait plus eu la moindre bâtisse. Les traces de roues de chariots étaient moins nombreuses dans la terre poussiéreuse, et les empreintes de fers si rares que parmi elles se trouvaient peut-être encore celles du cheval de la princesse des Trois Vagues et des destriers de son escorte.

– Swo, nous dormirons ici ! déclara Phelan, comme si cela avait été le fruit d'une décision mûrie, et non le résultat du caprice de sa monture.

Le cheval grinça comme une serrure rouillée, puis secoua ses flancs pour signifier au garçon qu'il désirait être délivré de son fardeau.

Un grand saule étendait ses branches le long d'une rivière étroite, au courant paresseux. Ses plus basses branches formaient une sorte de nid, qui offrirait peut-être la possibilité de dormir en hauteur. Phelan éprouvait de la répugnance à coucher à même le sol. Il aurait aimé se raconter à lui-même qu'il ne savait trop pourquoi, mais, puisqu'il était honnête, il reconnaissait que c'était la crainte des bêtes rampantes qui dictait son choix. Il redoutait les araignées, leur vilaine tête et leurs manières furtives. Ce n'était pas un effroi à proprement parler, mais un profond malaise qui l'avait toujours poursuivi. Elgin, afin de lui faire passer cette gêne malvenue, avait un matin ramassé une épeire, et l'avait avalée, sous les yeux affolés du petit garçon que Phelan était alors.

– V... voilà ! avait-il dit.

Phelan s'était évanoui.

Tant qu'il avait dormi dans sa chambre, il ne lui avait pas été trop difficile, avant son coucher, de mener à la chandelle une chasse aux bêtes cachées.

Ici, sur la route des Monts Jaunes, c'était évidemment une autre histoire.

Pourquoi n'y aurait-il pas eu des araignées dans la fourche du saule ? Ces animaux infects étaient partout chez eux.

Après avoir attaché Swo à un noisetier, Phelan entreprit d'examiner la couche qu'il s'était choisie, tant que le soleil était assez haut pour projeter ses rais obliques, roses dans le couchant, à travers la frondaison. Il trouva juste un mille-pattes, qu'il chassa avec dégoût de la pointe de son couteau de poche.

Le garçon jugea qu'il conviendrait de s'enrouler dans sa couverture en serrant soigneusement la laine jusque sur sa figure. Jusqu'à ses cheveux, même. Si ce devait être étouffant, au moins échapperait-il aux bêtes à huit pattes.

Il eut une pensée fugace pour les tenttis, et la honte lui chauffa les joues comme une flamme. C'était un autre péril que la morsure inoffensive d'une araignée.

– Je préfère affronter un million de tenttis, dit-il, contre toute raison. Je préfère combattre les orques !

Il rit de sa propre bêtise. Mais l'Ogre était là-bas, qui attendait au bout de la route, et nul n'était plus redoutable ; le jeune homme refusa de laisser cette pensée glaçante venir à la surface de sa conscience. Il tenta de s'occuper en réfléchissant à son repas du soir.

Chapitre 8

Il avait fait un feu immense, l'entretenant avec tout le bois qu'il avait pu trouver, tant que la clarté avait été suffisante pour en chercher.

Les flammes montaient dans le ciel sans nuage. Parfois une étincelle propulsée par l'air chaud dansait dans la fumée claire et, à mesure qu'elle s'élevait, perdait de son intensité pour finalement s'éteindre. Phelan recherchait l'hypnose du feu pour n'avoir pas à penser, mais parfois la réalité le saisissait, et il devait admettre qu'il était seul sur la route, parti affronter un être de légende qui terrassait des armées. Que son ami Turi ne serait peut-être pas à son côté, car que savait-on de l'avenir ? Et qu'en définitive, lui-même, Phelan, fils de Teague, ne connaissait rien de la princesse Nara pour laquelle il s'apprêtait à risquer mille périls.

L'avait-elle seulement regardé ? Se l'était-il imaginé ? Pourquoi une demoiselle de sang royal auraitelle posé les yeux sur un jeune bretteur de village ? Venetia lui avait souvent dit qu'il était beau, et certaines des filles de Cairnbaan aussi l'avaient prétendu, mais Phelan n'était rien pour Nara des Trois Vagues.

Turi avait bien raison. Pourquoi s'était-il monté la tête ? Comment avait-il pu croire, parce que leurs regards s'étaient accidentellement croisés, qu'une princesse voudrait un jour de lui ?

Cette idiote n'avait qu'à ne pas risquer sa vie de façon aussi vaine, pensa Phelan. Cependant, il connaissait la véritable origine de cette triste tirade : les dangers se précisant, il cherchait une échappatoire.

Soudain, il comprit que cette première nuit loin de chez lui marquerait un tournant dans sa destinée. Il pouvait encore rentrer à Cairbonn en courbant l'échine sous les quelques railleries qu'on lui infligerait ; il y survivrait très bien, et il y aurait encore, alors, des matins à vivre, des insultes à lancer à Turi, de nouvelles passes d'armes à échanger avec Elgin, des gâteaux à manger, cuits avec science par Venetia, sa douce mère.

Ou bien il pouvait persister. Ce qui guettait dans les Monts Jaunes était assez puissant pour annihiler son existence sans y penser, et il rejoindrait la cohorte des anciens braves qui s'entassaient dans les combes de la montagne, squelettes désormais, jusqu'à ce que leurs os eux-mêmes tombent en poussière. D'ailleurs, à bien y réfléchir, quelles étaient les chances que Nara soit encore en vie ?

– Phelan ! L'aimes-tu ? Aimes-tu Nara, princesse des Trois Vagues ?

Il avait presque braillé la question. Swo, dont un seul côté de la longue figure était éclairé par les flammes, émit un souffle doux.

– Oui ! Oui, je l'aime ! dit le jeune homme, se répondant à lui-même.

Il se leva, dénoua sa longue chevelure, secoua la tête, et sortit de son fourreau la longue épée qui ne quittait plus son côté depuis qu'il avait franchi le pas de la porte de sa maison.

– J'aime Nara, fille des Trois Vagues, je sais qu'elle est encore en vie, et je viens à son secours ! Tenez bon, princesse, et qu'en attendant, les étoiles veillent sur vous !

Il fut réveillé peu de temps après avoir trouvé le sommeil. Il ne saisit pas immédiatement qu'il n'était pas dans sa chambre, et il se demanda pourquoi des branches pendaient du plafond, jusqu'à presque toucher sa figure.

« Le saule ! Les Monts Jaunes ! La princesse ! »

Tout lui était revenu d'un coup. Les battements de son cœur se firent désordonnés. La sueur jaillit de sa lèvre supérieure et de son front.

« L'Ogre ! »

Phelan se dressa sur un coude. À travers les frondaisons, il entrapercevait les constellations, que Venetia lui avait apprises quand il était enfant.

– Il te faut, mon fils, connaître les limites de ton propre monde et concevoir qu'il y a là, dans le ciel, bien d'autres choses.

– Sur notre Terre, il y a la magie, c'est suffisant pour occuper toute mon imagination, avait-il répondu.

– Tu es bien sûr de toi. Et tu accordes beaucoup trop de crédit à cette magie dont tu parles si souvent.

– Je ne sais pourquoi, Mère, cela me vient constamment à l'esprit. Est-ce que je ne serais pas né dans un instant de magie ? Est-ce que, lorsque j'étais un nourrisson, je n'aurais pas été mêlé à quelque tour, à quelque sortilège ?

– Oh ! Phelan ! Non ! Je suis ta mère, je sais tout de toi, et tu as été préservé du mal, par mes soins !

Pourquoi avait-il été tiré du sommeil, lui qui dormait toujours si bien ? N'était-ce pas juste cette inhabituelle nuit en plein air ? Non, il y avait…

Un bruit.

C'était furtif, à peine audible, mais en tendant l'oreille, on l'entendait.

Swo, dans la lueur rougeoyante des braises du grand feu qui finissait, dormait toujours. Un frisson le saisit et, dans son sommeil, il émit ce qui ressemblait à un gloussement de poule. Cet animal plaisantait jusqu'au cœur de ses rêves, et le jeune homme aurait pu s'en amuser s'il n'y avait eu ce son étrange, à nul autre pareil, qui, s'adressant seulement à Phelan, aurait-on dit, semblait provenir de la rivière.

« *Eeeeeeeshhhhhhhhh… Eeeeeeeeeeshhhhhhhhh…* »

C'était un long soupir, ou plutôt plusieurs soupirs émis par les eaux, ou ce qui s'y trouvait. Y avait-il des sirènes dans la rivière ? Non, c'était absurde, on ne les rencontrait que dans la mer…

Phelan, depuis la fourche de l'arbre où il se tenait désormais accroupi, la main sur le fourreau de son épée, se tordit la bouche. *Seraient-ce des sirènes de rivière ? Mangent-elles les hommes, comme leurs sœurs de la mer ? Personne, en tout cas, ne me fera me baigner dans ce cours d'eau. On dit pourtant des sirènes que leurs chants sont mélodieux et puissants... Ce que j'entends ici ne ressemble pas du tout à ce qu'on m'a raconté.*

– Phelan ! Phelan !

C'était la voix de Venetia. Un immense soulagement libéra la poitrine du jeune homme, et il s'apprêtait à répondre, lorsque :

– Phelan ? Phelan ? Oh ! Phelan !

Les voix d'Elgin, de Turi et de Wann, une fille qu'il avait embrassée deux mois plus tôt, au carnaval de Cairnbaan... Un ton grave, un plus aigu, un doux murmure... Toutes en même temps, ces voix l'avaient appelé. Et cela était absolument impossible, car Wann, superstitieuse et craintive, ne serait jamais sortie de chez elle à la nuit tombée. Quant à s'aventurer sur la route des Monts Jaunes... Personne au monde n'aurait pu l'y inciter.

Les êtres qui le hélaient depuis la rivière plongée dans l'obscurité n'étaient pas les siens. Et lui n'était pas cher à leur cœur.

– Qu'est-ce que c'est ? Mais qu'est-ce que c'est ? bredouilla le garçon.

Il eut envie de se cacher sous la couverture. S'il se dissimulait, il échapperait au danger, c'était certain.

Mais si ces choses qui l'appelaient dans l'ombre avaient imité les voix de ses proches, elles savaient donc qui il était, où il était, et elles allaient venir le prendre dans l'arbre. Deux mètres seulement séparaient le sol et la fourche du saule.

L'Ogre était un monstre épouvantable, mais au moins avait-il un visage ; on savait ce qu'on affrontait. Qu'y avait-il dans cette rivière, si désireux de le faire s'en approcher ?

– Je ne vous crains pas ! cria Phelan.

Mais le son de son propre hurlement le fit sursauter, et les poils se dressèrent sur ses avant-bras. Comment pouvait-on ainsi visiter son esprit pour y débusquer ceux qui y habitaient et utiliser leurs voix ?

– Phe... Phelan ! Cesse tes enfantillages et v... viens ici immédiatement !

C'était Elgin qui parlait. Du moins, cela semblait être lui.

Forçant son regard, le long garçon blond essaya de discerner quelque chose dans l'obscurité des rives. Il crut apercevoir une paire d'yeux rouges, une deuxième, une troisième peut-être. Cela se déplaçait avec une grande lenteur. Ces yeux étaient assez écartés pour qu'il en déduise que les êtres de l'ombre avaient une très large tête.

– Phelan ! J'ai changé d'avis ! Je te reprends, je voudrais encore un baiser ! murmura la fausse Wann.

– Je vais tous vous tuer ! hurla le jeune homme, tirant son épée du fourreau.

Mais il était si fébrile que le manche glissa dans sa paume moite, et l'arme tomba au pied du saule, du côté qui n'était pas éclairé par le tas de braises.

Alors Phelan entendit les ricanements, et il sut qu'il était perdu.

Chapitre 9

Phelan avait cassé une branche, un peu plus longue que son bras.

Il attendait.

Jamais il n'avait autant espéré l'aube. Mais en observant la course de la lune et des étoiles à travers les branches du saule, il avait compris que le soleil était encore très loin d'apparaître. Une moitié de nuit restait à passer. Les braises, il s'en était rendu compte, n'étaient pas ses alliées, parce qu'elles empêchaient une obscurité complète à laquelle sa vue aurait pu s'accoutumer. Ainsi les ténèbres qui environnaient les êtres maléfiques se faisaient-elles, par contraste, encore plus impénétrables.

Phelan, à mi-voix, appela Swo. Si seulement le cheval pouvait se réveiller et venir jusqu'au saule, alors il serait facile de sauter sur sa croupe, puis de s'enfuir. La monture fantasque était certes attachée au noisetier mais, s'il le désirait, Swo avait dix fois la force nécessaire pour casser la branche à laquelle était nouée la longe.

– Swo… Swo… Swo !

Le cheval entrouvrit un œil, fit claquer ses lèvres, et se rendormit aussitôt.

« *Eeeeeeeeeshhhhhhhhhhhhhh…* »

Cela se rapprochait encore. Toute l'étendue qui séparait le saule de la rivière était obscure, et il n'y avait rien d'autre à discerner, en de brefs instants, que les yeux rouges ; mais ceux-ci grossissaient, et les bruits se faisaient plus forts.

– Faites que je ne meure pas la première nuit de mon aventure, et pas de façon aussi absurde, chuchota Phelan.

Il imagina qu'on retrouverait son corps, ou ce qu'il en resterait, et qu'on dirait alors de lui : « Il n'est pas allé bien loin… Il a présumé de ses forces. Ce n'était encore qu'un gamin, il n'était pas fait pour les périls et la gloire… »

– Ah, mais non ! s'écria-t-il. Ça, non ! Non !

Le garçon jeta la branche, puis sauta de l'arbre,

du côté obscur, pour ramasser son épée.

Il n'atterrit pas sur l'herbe comme il s'y était attendu, mais sur une masse épaisse et gluante, qui émit un grognement plus sonore qu'un brame de cerf et si féroce qu'il crut mourir de terreur. Couinant de panique, il voulut remonter dans l'arbre, mais il glissa sur le corps visqueux et son menton rencontra brutalement le tronc du saule. Étourdi par le choc, il pensa encore : *Si je tombe, c'en est fini de moi.*

Un instant, il lutta contre le vertige qui l'envahissait, mais il ne réussit pas à se maintenir debout sur la masse mouvante. Il partit de côté, battant inutilement des bras, et s'effondra dans l'herbe. Une myriade d'étoiles et des soleils tourbillonnants dansaient dans sa tête. Malgré cela, il respira l'haleine de l'être gluant, semblable à l'odeur du sanglier mort qu'il avait trouvé décomposé, grouillant de vers et de mouches, sous les branches d'un aulne, il y avait de cela huit printemps. Cet adversaire n'était pas haut, mais extrêmement massif. Sous ce qui paraissait être, au toucher, une épaisse couche de graisse, la musculature puissante se nouait, se dénouait. Phelan crut sentir contre sa joue l'effleurement d'un croc.

Mangé, je finis mangé par une limace immonde...

Ses pensées étaient confuses ; il éprouvait le poids de son ennemi, qui avait rampé jusque sur ses jambes, son torse. Il entendait aussi de nouveaux ricanements, très proches désormais. Les complices de son assaillant le rejoignaient pour la curée.

Je dois pourtant voir, au moins, celui qui me dévore !

C'était une idée absurde, pourtant elle devint soudain, pour le jeune homme, la chose la plus importante du monde.

Moi, Phelan, fils de Teague, j'ai le devoir, pour partir dignement, de dévisager l'adversaire qui m'a vaincu. Il le faut, il... Non ! Pourquoi m'aurait-il vaincu ? Tant que je ne suis pas mort...

Mais il émanait de cet être qui le surplombait une sorte de force de persuasion insidieuse, écœurante, donnant envie de se laisser aller, d'attendre quelque fatale morsure. Cela pénétrait la conscience et affaiblissait toute combativité. Les ressources de Phelan étaient grandes cependant : depuis longtemps il se préparait à des affrontements héroïques. Il s'arracha à cet abattement qui le voulait impuissant et soumis.

Le garçon n'avait que son bras gauche de libre – le droit était immobilisé par le poids considérable de la bête. D'un coup de poing maladroit, il frappa au hasard la tête de son pesant ennemi. Celui-ci bougea, et Phelan vit soudain les yeux en face des siens. Ils étaient rouges, certes, mais des ruisseaux dorés y coulaient comme une lave au fond d'un cratère. Le jeune homme, sous le choc de cette épouvantable vision, abandonna toute lutte. L'être d'abomination ricana, comme ses compères. Alors Phelan sentit l'épée qui reposait dans l'herbe sous sa cuisse, du côté droit de son corps emprisonné sous la masse colossale. Il se contorsionna pour tenter d'atteindre son arme de la main gauche, mais c'était impossible. Une goutte de bave de l'ennemi aux yeux de feu tomba dans sa propre bouche ; la saveur en était infecte. Il cracha, croyant périr de répulsion. L'être remua convulsivement. Il rejeta la tête en arrière et émit un bruit qui ressemblait à une exclamation de surprise inquiète.

Est-ce parce que j'ai craché sur lui ? se demanda Phelan. *Je dois recommencer !*

Il s'efforçait de rassembler assez de salive pour cracher à nouveau lorsque son adversaire se dégagea, lançant une sorte d'appel, auquel les autres créatures semblèrent répondre.

Si les assaillants avaient été lents dans leur approche, ils savaient, à l'évidence, se montrer rapides quand ils le désiraient. Dans l'herbe haute qui conduisait à la rivière, ils s'enfuirent, leurs corps massifs produisant des bruits de glissements à la façon de la couleuvre que le garçon avait un jour entendue dans les chaumes tandis qu'elle poursuivait un mulot.

Phelan ramassa son épée. L'odeur de son ennemi était encore sur lui, et c'était si dégoûtant qu'il eut envie de se précipiter vers la rivière, puis de s'y jeter pour se purifier. Mais c'était justement là-bas qu'ils étaient retournés, ceux qui avaient voulu le dévorer – ou lui faire pis encore, qu'en savait-il ?

– Phelan ?

Encore la voix d'Elgin.

– Sales monstres ! Vous me prenez donc pour un sot ? Vous ne m'aurez pas, avec vos ruses ! J'ai déjoué vos pièges !

– Mon garçon ? Qu'est-ce que tu ra... racontes ? La moitié d'une nuit dehors et tu as déjà perdu l'esprit ? Où es-tu ? T... tu te dissimules dans l'ombre comme un enfant ? J'ai vu t... ton feu, Swo est là, attaché, alors montre-toi, arrête de faire le nigaud !

Le maître d'armes se tenait près des braises ; bras croisés, il regarda venir Phelan.

Peut-être était-ce à cause des ombres portées que produisait le foyer ? Le jeune homme ne reconnaissait pas tout à fait celui qui l'avait élevé depuis tant d'années.

– Vous êtes vraiment Elgin ? Prouvez-le.

– Tu es couvert de b… bave ! Que t'est-il arrivé ?

– Prouvez-le, ou, par ce que j'ai de cher, je vous transperce de ma lame !

– I… Il ferait b… beau v… voir !

Phelan, à bout de fatigue et de crainte, se fendit, l'épée tendue loin devant lui. Malgré son épuisement, il avait conservé sa rapidité. Le maître d'armes, qui avait esquivé avec presque autant de prestesse que son élève, eut le côté de son pourpoint transpercé par la pointe de métal. Mais il avait sorti sa dague, et il porta à la longue lame un coup sec. L'épée se brisa.

– Non ! cria le jeune homme.

– Si, répliqua Elgin, en rengainant.

– Vous êtes vraiment mon beau-père ? demanda Phelan, au bord des larmes.

– Qui… Qui veux-tu que je sois ?

– Un imposteur ! Un usurpateur !

– I… Il est v… vrai que chacun se battrait pour avoir la ch… charge d'un fils aussi b… borné et in… inconscient.

– Beau-fils !

– C… Comme tu l'entends. Tiens.

Elgin, le maître d'armes aux cent batailles, sortit de son fourreau sa lourde épée à garde damasquinée.

– P... prends-la.

Phelan posa un genou sur l'herbe mouillée de rosée et saisit sa tête entre ses mains.

– Je ne comprends pas ce qui se passe, je ne sais pas ce que vous me voulez. Vous êtes étrange.

– Ce sont les c... circonstances qui le sont, mon garçon. Quand... quand nous observons ceux qui sont proches de nous, devenus trop familiers et, croyons-nous, prévisibles, dans un lieu ou une situation inhabituels, n... nous ne les reconnaissons pas. Ainsi mes c... compagnons n'étaient-ils pas les mêmes lorsque nous nous reposions à l'arrière ou étions sur le front, face aux orques. Tu ne m'as j... jamais connu que chez nous, à Cairnbaan.

Vous avez l'air encore plus dur qu'à l'accoutumée, Elgin, pensa Phelan, mais il ne le dit pas car il avait honte de sa faiblesse.

Son beau-père, néanmoins, réagit comme si la phrase avait été prononcée.

– T...tu as choisi la voie d... difficile, je ne suis pas ici pour flatter en toi la m... moindre faiblesse, mon g... garçon. Tu c... cours déjà tant de risques.

– Vous ne me ramenez pas à Cairnbaan ?

– À quoi b… bon ? Tu voudras encore t'enfuir, et j… je refuse de jouer les geôliers.

– Mais qu'êtes-vous donc venu faire sur la route des Monts Jaunes ?

– Te d… donner mon épée, c… comme tu le vois.

– Celle-ci ? Que le roi lui-même vous a offerte ?

– C'est la p… plus solide de m… mes armes.

– Elle a été forgée par les hommes de l'Est ! Elle est sans prix !

– Elle ne v… vaut que par celui qui l'utilise. Une épée est une chose i… inerte. Familiarise-toi avec son poids et prends g… garde à ne pas te couper un d… doigt en l'aiguisant. Je t'ai aussi apporté la p… pierre qu'il faut pour l'affûter, et l'huile. N'utilise rien d'autre, tu abîmerais le t… tranchant.

– Oh ! J'en prendrai grand soin, soyez-en assuré.

– Cela ne me con… concerne plus, c'est ton arme désormais. Il fallait que cela se fasse ; regarde, j'ai b… brisé ton épée, c'est un signe. Je m'en vais. A… attends ! J'oubliais le p…plus important. Prends cette feuille, cette plume et cet encrier, et écris à ta mère que tu vas revenir. Ju… jure-le-lui.

– Je ne peux pas jurer ce dont je ne suis pas certain, Elgin. C'est vous-même qui m'avez si souvent prévenu contre les serments hâtifs.

– Je me moque de cela aujourd'hui, m… mon

garçon. Je sais que tu peux te faire tu… tuer. C'est assez de trahir Ve… Venetia et les Mille Lacs en ne t'enfermant pas jusqu'à ce que tu ch… changes d'avis. Pourvu que ta folie n'attire pas sur notre royaume la c… colère de l'Ogre. J'accepte l'idée de ta mission, qui t'appartient. M… Mais, en attendant, je désire au moins que tu rassures ta mère par tes m… mots.

– Pourquoi avez-vous décidé de me laisser aller ?

– P… parce que je t'aime autant que j'aime ma femme, Phelan. Parce que je te r… respecte et que tu vas vers ton destin.

Chapitre 10

Le jeune homme choisit une colline élevée, où rien ne poussait, et que nul cours d'eau ne longeait. Il avait chevauché dans le clair-obscur de l'aube, cherchant un endroit où il pourrait se reposer sans crainte. Il pensait à la princesse des Trois Vagues, qui attendait depuis si longtemps déjà qu'on vienne la secourir.

Pourvu, pourvu qu'elle tienne ! Je voudrais aller plus vite, mais à quoi bon batailler contre l'Ogre en étant à moitié mort d'épuisement ? Mon cœur me dit que Nara est vivante, pourtant ma raison en doute, car cela fait déjà si longtemps qu'elle est seule dans ces monts…

Puis son esprit fut à nouveau aspiré vers les ténèbres

auxquelles il venait lui-même d'échapper. L'horreur qu'il avait vécue durant la nuit avait-elle quelque lien avec sa volonté de secourir la princesse ?

Et pourquoi n'avait-il pas parlé à Elgin des êtres repoussants qu'il avait affrontés ? La nature de ces monstres, rampants, visqueux, cachés dans l'ombre, l'en avait dissuadé. Le prestige qu'il recherchait tant était déjà écorné, à peine avait-il quitté Cairnbaan ; les forces maléfiques ne lui envoyaient pas des dragons, mais d'énormes limaces. Même si celles-ci étaient pourvues de crocs, n'était-ce pas humiliant ? De surcroît, seule l'arrivée d'Elgin les avait fait fuir. S'il s'était ouvert à son beau-père de sa mésaventure, à n'en pas douter, celui-ci l'aurait ramené de force au village, persuadé cette fois de son incapacité à survivre.

Phelan mit pied à terre, et Swo soupira. Le cheval avait renâclé tout le long du chemin – il était habitué à dormir la nuit. Plusieurs fois, il avait essayé de désarçonner Phelan, sans y parvenir.

Quand il eut fait le tour du sommet de la colline et constaté que rien ne pouvait venir l'y surprendre, le garçon sentit une grande fatigue le gagner. C'était trop d'émotions en bien peu de temps. Après avoir attaché la longe de son cheval à une lourde pierre, il s'étendit à même le sol. Il n'avait pas assez d'énergie pour déployer sa couverture. En revanche, il installa avec soin à son côté l'épée d'Elgin. Il devrait se familiariser avec l'idée qu'elle était sienne désormais, avait déclaré le maître d'armes, mais Phelan, *in petto,* s'était promis de la lui rendre lorsqu'il aurait tué l'Ogre et épousé la princesse.

Le fourreau même était d'une grande beauté : constitué d'un mélange d'ivoire et de métaux précieux, des scènes de batailles y étaient représentées et, si l'on y faisait attention, on apercevait Elgin en personne, terrassant un orque gigantesque avec une hallebarde. L'artiste avait saisi la silhouette et jusqu'à l'expression du visage du maître d'armes, malgré la petitesse du bas-relief de ce fourreau exceptionnel.

Combien de fois Phelan était-il allé, enfant, admirer cette arme légendaire dans la chambre de ses parents, en leur absence ? Il n'y avait que les princes et les rois pour posséder une épée aussi extraordinaire. Ou bien il fallait avoir accompli des exploits merveilleux, être un véritable héros. Pour le petit garçon qu'il était alors, toute la force d'Elgin se condensait dans cette longue lame qui symbolisait à la fois la victoire et la guerre elle-même. Il s'efforçait de la soulever, mais elle était trop pesante pour ses petits bras, et il restait des heures à la caresser, apprenant par cœur les entrelacs du damasquinage.

Cette arme, qui lui rappelait son enfance rêveuse, allait donc désormais servir son destin et l'assister dans sa première aventure.

Comme la vie était bizarre.

Phelan voulut s'endormir en gardant une main sur l'épée. Il avait cru sombrer aussitôt dans le sommeil, mais il était saisi d'une fièvre nouvelle après ce qu'il venait de vivre, et qui ne trouvait guère d'explications.

Les êtres qui s'en étaient pris à lui... qu'étaient-ils ? Par quel maléfice pouvaient-ils connaître son univers et savoir de quelle façon imiter sa famille et ses amis ? Que serait-il advenu si Elgin n'avait surgi, faisant fuir ces abominables créatures ?

Eeeeeeeshhhh... Eeeeeeeeeeeshhhhhhhh...

Les bêtes rampantes ! Elles revenaient ! Leurs yeux brillaient toujours plus et, comme le matin était venu, on distinguait leurs corps, ressemblant à ceux des morses de la Mer de Felfelfly, que Venetia avait un jour décrits à Phelan. Sa mère lui avait même dit que lui-même en avait vu, à l'époque où ils vivaient là-bas, mais il l'avait oublié. Comment aurait-il pu en être autrement ? Il était si petit alors.

Cependant, au lieu des longues défenses, les créatures qui repartaient à l'assaut pour lui nuire arboraient, dans leur gueule ouverte, des crocs effilés. Et leurs yeux rouges scintillaient de malfaisance. De surcroît, ces êtres pouvaient parler, ruser, à la manière des humains.

Celui qui était le plus proche du garçon accéléra l'allure et ouvrit plus grand ses mâchoires, des filets de bave s'étirant de chaque côté des babines bleuâtres.

– Phelan ! Espèce de flemmard ! Bouge tes grosses fesses !

Ces babines… Elles étaient curieuses. Vraiment, vraiment curieuses. Elles semblaient enfler, enfler, se déchirer pour devenir comme fibreuses, comme des filaments…

– Oh ! L'étranger ! Tu te réveilles, ou je te vole ta nouvelle épée ?

Il émergea du songe en aspirant de l'air, surgissant des eaux de la nuit.

Turi était penché sur lui. Ses longs cheveux bleus pendaient le long de son visage.

Phelan se rappela soudain le moment où, quand son ami et lui avaient dix ans, il avait déclaré :

– Puisque la malédiction t'interdit de te couper les cheveux, moi qui suis comme ton frère, je ne me les couperai pas non plus !

– Oui, comme mon frère ! Merci ! avait répondu Turi.

L'ours, mains sur les genoux, le considérait avec intérêt.

– Tu as de la bave séchée plein tes vêtements.

– Turi ? Tu as déjà terminé les charrettes ?

– J'ai travaillé toute la nuit.

– Comment ça ? Tu as travaillé toute la nuit, mais tu es déjà ici ?

Son ami détourna le regard, levant la tête vers le ciel. Phelan se dressa sur un coude. Il ressentit une sourde appréhension qui lui noua la gorge lorsqu'il demanda :

– Tu es venu à pied ? Tu n'as pas de monture ? Turi ? Regarde-moi…

Il aurait voulu l'appeler « l'ours », mais quelque chose l'en empêchait, comme si toute familiarité était perdue.

Turi s'obstinait à ne pas porter les yeux sur lui ; alors la peur revint, comme un accès de fièvre. Jamais son presque frère ne s'était comporté ainsi. En quittant Cairnbaan, Phelan avait décidément perdu tout ce qu'il connaissait.

– Personne ne peut venir jusqu'ici sans cheval en aussi peu de temps. Regarde-moi, je t'ai dit ! Tu… tu n'es pas Turi !

Le garçon aux cheveux bleus se dressa au-dessus de Phelan et le fixa. Ses yeux n'étaient pas rouges et parcourus de ruisseaux de lave dorée comme ceux des créatures de la rivière. Ils avaient la couleur et la forme de ceux de l'ami de toujours. Cependant ils effrayèrent bien plus Phelan, car ils exprimaient une extraordinaire animosité.

– Qui es-tu ? Est-ce que tu es l'un de ces monstres, dissimulé ?

Il roula sur lui-même pour s'écarter, avant de se mettre debout. Et il cria :

– Alors ? Qui es-tu ?

– Je suis Turi, l'homme fort, celui qui règne.

Phelan sortit de son fourreau l'épée d'Elgin.

– Qu'est-ce que ça veut dire ? Ne cherche plus à te cacher sous les traits de mon ami, qui que tu sois. Je sais que tu n'es pas lui !

L'apparition écarta les bras.

– Si. Je suis celui qui sera Turi. Je suis celui qui t'affrontera et te vaincra.

Il sembla à Phelan que la taille de son interlocuteur avait augmenté. Le garçon blond crut que ses perceptions étaient altérées par le malaise extraordinaire que faisait naître cette affreuse confrontation et, flageolant, il porta à son front sa main gauche.

– Celui qui sera Turi ? Je n'y comprends plus rien ! Est-ce que je rêve encore ? Est-ce un songe à l'intérieur de mon songe ?

L'apparition grandit d'un coup, atteignant cette fois plus de huit pieds. Sa peau était blanche, presque translucide, se confondant avec la clarté livide de l'aube, sur la colline inconnue. Les vêtements qui la couvraient cédèrent, et Phelan aperçut la tache de naissance en forme de lame de faux qui marquait du côté droit le bas des côtes de son ami.

– Turi ? Turi ? Oh, par ma mère, faites que je me réveille !

Swo lança un hennissement alarmé.

Celui qui ressemblait à l'ours jusque dans les plus infimes détails s'inclina vers lui. Sa voix était extraordinairement forte lorsqu'il lança :

– Depuis le futur je reviens, par la puissance de ce qu'il y a de bon en moi, pour te dire d'abandonner ta quête. Rentre chez toi, à Cairnbaan, n'en sors plus jamais, et rien ne sera accompli qui en vienne à détruire les mondes. Empêche-moi de nuire, car, sans le savoir, tu te fais l'instrument de la guerre.

Phelan tendit son épée.

– Cette fois, j'ai compris ! Vous autres, forces maudites, essayez de m'empêcher de sauver la princesse ! Vous êtes les alliées de l'Ogre ! Mais rien ne m'arrêtera, rien ! Va-t'en, toi, et dis à tes complices que vous perdez votre temps ! Il faudra me tuer.

La taille de l'apparition augmenta encore. Sa peau

était devenue tout à fait transparente ; les rayons du soleil naissant la traversaient comme des flèches de lumière. Deux oiseaux échassiers qui passaient derrière elle demeurèrent visibles, comme à travers une vitre. Dans les yeux de cet être inouï une lutte paraissait se mener entre deux attirances égales, et alternativement Phelan pouvait y lire une haine féroce, puis une compassion terriblement triste.

– Je me suis fait aussi grand que j'ai pu, dit l'apparition.

Puis elle se morcela lentement. Y avait-il un autre mot que celui-ci – se morceler – pour décrire ce qu'on n'avait jamais vu nulle part et qui emplissait le cœur de crainte, mais aussi de grâce, devant tant de beauté ?

Avec une sorte de douceur insidieuse, la tête de l'apparition se détacha de son cou, et ses oreilles, de son crâne. Ses membres s'arrachèrent à son tronc. Chacune des parties de ce corps prit vie, dévoilant des scènes différentes. Ainsi dans la grande oreille gauche, qui flottait au-dessus de la colline, naquit un marché de village, où les femmes, les enfants, les marchands se montraient affairés. Dans l'un des bras, des hommes inconnus à la peau sombre ramaient à bord de ce qui ressemblait à un long bateau effilé, au ras de vagues vertes. Au cœur de ce qui avait été le ventre de l'apparition grouillaient les participants d'un beau tournoi, où les chevaliers rivalisaient d'adresse.

Était-ce cela, les mondes dont parlait celui qui disait être Turi ?

– Reste ! hurla Phelan. Reste, je dois en savoir plus !

Soudain, tout s'éteignit, comme la flamme soufflée d'une chandelle.

L'apparition avait disparu, et avec elle les scènes merveilleuses.

Le long garçon aux cheveux blonds demeura longtemps prostré. Puis Nara resurgit dans ses pensées tourmentées, telle qu'il l'avait vue à Cairnbaan, chevauchant avec cette allure altière qui avait emporté son cœur adolescent.

Alors Phelan se leva, attacha au dos de Swo son faible paquetage et quitta la colline.

Chapitre 11

Le paysage n'était guère encourageant pour celui qui partait sauver la princesse des Trois Vagues. Il semblait toujours plus sec, plus désolé. De grands oiseaux aux ailes claires tournoyaient au-dessus du jeune homme et de son cheval, en un manège de plusieurs dizaines de bêtes aux plumes beiges et blanches, montant, descendant au gré des courants aériens et des reliefs. Phelan ne doutait pas que ces oiseaux guettaient une faiblesse, un trop long assoupissement, une blessure ; si cela se produisait, ils descendraient en piqué pour le déchiqueter. Il n'y avait là rien d'autre que le jeu de la nature, qui est cruelle et n'a jamais nulle merci. Pas de magie à redouter, pas de monstre sanguinaire. Juste le fait de tuer pour survivre, comme partout... Mais sur la route des Monts Jaunes, cela était comme accentué. Les pierres du chemin elles-mêmes paraissaient plus pointues.

Phelan songeait à Turi. Quand son ami le rejoindrait-il ? Ils n'avaient pas convenu d'un lieu précis pour leurs retrouvailles. Tout dépendait de sa rapidité à terminer le cerclage des roues de charrettes. L'ours avait juste dit qu'il se débrouillerait pour rattraper Phelan, et c'était bien vague...

Fallait-il lui parler de cette apparition qui avait pris ses traits et sa voix ? Il aurait été nécessaire de le faire, évidemment, mais le garçon aux cheveux blonds n'aimait pas l'idée de cette conversation. Comme si, en gardant pour lui ce spectacle invraisemblable, il évitait un sombre péril.

Non, il ne dirait rien. Après tout, cela n'avait pas plus de réalité qu'un rêve.

Lorsque Phelan aperçut la ferme qui s'élevait, pimpante, près d'un buisson d'aubépines, il en fut surpris et heureux. Il y avait donc encore ici quelques gens se préoccupant d'avoir une belle demeure.

La bâtisse était petite, ses murs, colorés. Chacun de ses huit volets apparents avait une teinte différente, allant du vert le plus tendre au violet profond. Une guirlande de roses fuchsia encadrait le chambranle de la porte d'entrée, qui était entrebâillée. De la musique s'échappait de cette ouverture ; c'était un air joyeux, joué si fort qu'il parvenait jusqu'au cavalier, comme si les instruments s'étaient trouvés sur la route. Il emplit de félicité le cœur troublé de Phelan. Le garçon ne reconnaissait pas le morceau, mais ces notes disaient la fête, l'insouciance, le bonheur.

Il ne put faire autrement, lorsqu'il parvint à la hauteur de la bâtisse, que de mettre pied à terre.

Comme c'était surprenant ! On aurait dit une île : au mitan de ce pays désolé, il y avait une étendue de verdure magnifique d'une demi-acre tout au plus et, plantée en son centre, la ferme, qui valait par sa gaieté les plus cossues des maisons de Cairnbaan.

Sans doute ses propriétaires étaient-ils les plus heureux, les plus philosophes des êtres.

Comment ne pas avoir envie de les rencontrer ?

Il y avait néanmoins, à l'esprit du jeune homme, une légère prévention, un je-ne-sais-quoi l'incitant à la prudence. Mais il était si avide de chaleur humaine qu'il n'écouta pas l'avertissement que lui lançait son instinct. Il attacha Swo à la branche basse d'un arbre étrange dont l'écorce orangée ressemblait à la peau d'un fruit, et il s'élança vers la porte entrebâillée.

– Bonjour ! cria-t-il, assez fort pour couvrir la musique, qui était encore plus tonitruante quand on se trouvait sur le seuil de la bâtisse.

Il se rappela soudain qu'il n'était pas dans son village. Que les règles, dans cette contrée, n'étaient sans doute pas les mêmes, et que les gens y seraient peut-être moins aimables. Oh, certainement pas ! Cette musique… Elle ne pouvait être jouée que par de bonnes personnes, animées d'excellentes intentions. Était-ce du violon ? Non. De la muse, de la viole de gambe ? Non plus. Ces gens avaient leurs instruments, et ce serait instructif de les découvrir. Venetia aimait beaucoup la musique. Il lui raconterait tout cela.

Les fermiers mettaient pourtant bien du temps à venir lui ouvrir. Évidemment ! Ils jouaient avec tant de conviction qu'ils n'entendaient rien ! Le mieux était de pousser cette porte qui, de toute façon, n'était pas close.

Phelan entra.

Dans un premier temps, il ne vit rien. C'est que dans la maison, si attrayante de l'extérieur, on avait tiré de lourds rideaux devant les fenêtres. Il faisait très sombre dans cette entrée. Le long garçon blond eut une brève pensée pour ses assaillants de la nuit précédente, et il frissonna, murmurant à voix très basse :

– Sont-ils cachés là ? Mais non, Phelan, reprends-toi ! Ces créatures vivent dans les eaux des rivières, pas dans des fermes ! Tu es devenu plus peureux qu'un… Aaaaaaah !

Quelque chose avait touché son épaule. Il fit volte-face, balayant l'espace par de grands moulinets des deux bras. Ainsi, il cogna le battant de la porte, qui se referma d'un coup, avec un claquement.

Le jeune homme se rua sur la poignée, la tourna, mais rien ne se produisit. Il secoua la porte en geignant, et il sentit une folle panique le gagner tandis qu'il comprenait qu'il venait de s'enfermer dans cette maison inconnue.

Il eut l'impression que la musique s'élevait plus fort, toujours plus fort, comme si on avait voulu couvrir les cris d'épouvante qui lui venaient encore aux lèvres.

Il s'aperçut que ce qui avait frôlé son épaule n'était rien qu'un pan de tapisserie se détachant du mur, tout près de la porte d'entrée, et pendant de guingois. Comme il y avait au centre du tissu une sorte de tache claire circulaire, Phelan sut que se trouvait là, dessous, un œil-de-bœuf qu'on avait recouvert, comme on l'avait fait pour les fenêtres.

Mais pourquoi ces gens empêchaient-ils la lumière d'entrer dans leur demeure ? C'était absurde et inquiétant.

Le jeune homme se força à se retourner vers l'intérieur de la maison. Comme toute retraite paraissait impossible, il fallait aller trouver les fermiers mélomanes et leur demander la permission de sortir de chez eux.

L'entrée était sombre, certes, mais Phelan distingua un portemanteau où pendaient de longues gabardines noires. De grands chapeaux de feutre y étaient aussi accrochés. C'était un accoutrement bien austère, en comparaison de cette musique primesautière. La curiosité vint à bout de l'appréhension du garçon, qui s'avança vers la pièce, dans le fond de l'entrée, d'où provenait l'air entraînant.

La première chose qu'il aperçut fut, sur le sol de la pièce, une miséricorde.

Il ne reconnut l'arme qu'à la description que lui en avait faite Elgin, lorsqu'il lui apprenait l'escrime. Il n'en avait, jusqu'alors, jamais vu.

– C'est une dague longue, à la lame effilée, Phelan. I... il ne fait pas bon l'apercevoir sur un champ de bataille, car elle annonce la m... mort.

– Pourquoi, Elgin ?

– La miséricorde trouve le défaut de l'armure, au niveau du gorgerin.

– On l'utilise pour frapper au cou ?

– Au c… cou, ou à l'aine. C'est souvent plus efficace qu'une épée ou qu'un sabre. Et puis, dans les armées où la pitié n'est pas de mise, on utilise aussi la mi… miséricorde pour achever les blessés que l'on ne pense pas s… soignables.

– C'est abominable !

– L… la guerre est ainsi.

– Je n'aime pas du tout cette miséricorde ! C'est une arme de lâche !

– A… Assurément, elle n'est guère noble.

Phelan sortit son épée. Il essayait de penser clairement malgré la musique qui s'était faite assourdissante.

Une miséricorde n'a rien à faire dans une ferme. On ne se sert pas de ça pour cueillir les poires ou planter les navets. Il se passe ici de vilaines choses, je dois être sur mes gardes et ne plus perdre mon sang-fr… Aaaaaaah !

Quelque chose avait bougé, sur sa droite, à la limite de son champ de vision. Il voulut se protéger de son arme, mais la lame rencontra un obstacle au plafond. C'était un lustre qui pendait là. Un lustre, dans une ferme ? Mais quel était donc cet endroit ? Et, par pitié, cette musique ne pouvait-elle pas s'arrêter ?

L'air qui lui avait tant plu jouait maintenant sur ses nerfs. Il n'aspirait qu'au silence, à une explication rassurante, et au retour au grand soleil pour reprendre sa chevauchée sur Swo le fantasque.

Qu'est-ce qui avait bougé ? Était-ce encore une ombre, une illusion, un pan de tissu ? Mais, cette fois, ce fut sur sa gauche qu'il perçut un mouvement, et il se tourna assez vite pour découvrir une souris blanche. Le minuscule rongeur, moustaches frémissantes, tricotait de ses petites pattes roses.

Cette musique ! Ce n'était plus possible, il fallait la faire taire. On aurait pourtant juré qu'elle était jouée dans la pièce même, mais on n'y voyait ni instruments ni musiciens.

C'est un sortilège, pensa Phelan. *Que signifie-t-il et que dois-je redouter ? En de telles circonstances, tout doit être craint, même... les souris !*

Où était passée la petite bête au pelage de coton ? Elle devait avoir trouvé refuge sous un meuble, dans un trou du parquet...

Je pourrais déchirer l'un de ces lourds rideaux, ouvrir ou casser une fenêtre, et m'enfuir par là...

C'était une idée séduisante, et qui serait facile à mettre en pratique, car les tissus occultant partout la lumière semblaient avoir été mal posés ; tous pendaient de travers, comme si on avait chargé de cette tâche un enfant trop petit, encore maladroit. Mais le jeune homme ne pouvait se résoudre à agir ainsi. Il ne lui avait été fait aucun mal dans cette demeure mystérieuse, et sa peur n'était sans doute pas justifiée.

Phelan voulait savoir... Il entreprit de fouiller la ferme.

Chapitre 12

Il trouva des pièces d'or, des couverts en argent, des bijoux, mais aussi d'autres armes. Celles-ci ne laissèrent guère de doute à Phelan quant à l'activité de ceux qu'il avait pris pour des fermiers. Une anicroche était dissimulée sous un meuble. Le jeune garçon savait que ce hideux coutelas recourbé était destiné – entre autres – à trancher les tendons des chevaux sur le champ de bataille.

Un scramasaxe caché derrière un panier à pain acheva de le convaincre qu'il était enfermé dans une demeure d'assassins. Si ces gens avaient été d'anciens soldats retournés à leur ferme après la guerre, ils n'auraient pas gardé ces instruments de mort à portée de main. Ce scramasaxe était une arme du Pays des Glaces. Le fourreau de beau bois sombre et les motifs animaliers de la gravure ne pouvaient être confondus avec d'autres. Cependant, l'anicroche, la miséricorde et le scramasaxe n'étaient pas de la même origine – cela sautait aux yeux de celui qui s'intéressait aux armes blanches. Il semblait qu'on avait rassemblé ici des choses de provenances très diverses, ce qui pouvait signifier qu'on avait beaucoup voyagé, ou alors qu'on s'était procuré ces armes en les achetant à des gens de passage.

Ou en les leur prenant de force, peut-être...

Phelan colla ses paumes contre ses oreilles pour essayer de réfléchir. Mais la musique était encore trop forte. Il avisa un lit dans la chambre qu'il était en train de visiter, et il ramassa dessus l'édredon, souhaitant s'en couvrir la tête, même si ce n'était que pour quelques secondes de tranquillité.

C'est ainsi qu'il trouva les souris.

Elles étaient trois, à peine plus grandes que le pouce du garçon. La première avait le pelage blanc – celle, sans doute, qu'il avait déjà aperçue –, la deuxième était grise, la troisième noire. Comme il les avait surprises et qu'elles ne paraissaient pas s'être attendues à ce qu'on les découvre, il remarqua

– malgré la pénombre – l'expression de leur regard, il vit leurs grimaces, et il en fut stupéfait.

Ces rongeurs n'étaient pas de simples souris. Il avait su le lire dans leurs petits yeux apeurés. Il y avait une autre âme que la leur, enfermée dans ces corps insignifiants. Elles voulurent s'enfuir, mais la vitesse du bras de Phelan était inégalable. Il se saisit de la souris blanche. Les deux autres réussirent à bondir par-dessus le rebord du lit.

Phelan avait attrapé la bête en pinçant la fourrure à l'arrière de sa tête, pour n'être pas mordu. Certains animaux, en ces terres étrangères, pouvaient, disait-on, transmettre d'affreuses maladies.

La souris couina. Il aurait été facile de laisser tomber à terre ce qui ressemblait tant à un petit rongeur affolé, puis de trancher d'un coup d'épée l'un de ces rideaux mal ajustés, et d'ouvrir une fenêtre sur la liberté, afin de laisser loin derrière lui cette énigme.

Mais il lui fallait en avoir le cœur net. C'était tout de même invraisemblable, ces souris qui n'étaient pas ce qu'elles paraissaient.

Il n'y avait nulle part d'autre lampe que le lustre, visiblement dépourvu de bougies, et il faisait si sombre...

– Si vous voulez bien me le permettre, madame la

souris, s'écria Phelan, je vais écarter un bout du tissu à cette fenêtre pour voir votre frimousse.

Le petit animal se mit à se débattre de toutes ses forces. Malgré la musique qui faisait vibrer les murs, il semblait avoir entendu la phrase du jeune homme, et cela paraissait porter à son comble sa panique.

Puis, comme Phelan s'approchait de la fenêtre la plus proche, la souris blanche cria :

– Pitié, Monseigneur ! Non ! Pas de lumière ! Je vous dirai tout ! Tout !

Ce fut au tour du garçon d'être surpris. Il ne s'attendait pas à ce qu'une bête de cette taille ait une voix aussi stridente. Il n'en eut que plus envie d'aller regarder sous un jour clair sa trouvaille extravagante. Il tendait le bras vers un pan de rideau tire-bouchonné quand la souris hurla, folle de terreur :

– Non ! Nooon ! Je vous en supplie, pas la lumière du jour ! Les chandelles sont ici, dans le tiroir de la table de chevet ! Allumez-en une, je vous en conjure, et vous pourrez m'observer autant que vous le voudrez, Votre Grandeur !

Phelan approcha le rongeur de son visage.

– Qu'y a-t-il donc avec la lumière du jour ? Elle te fait fondre, petite souris ?

– Oui ! C'est ça ! C'est exactement ça, mon bon seigneur !

– Tu te moques de moi ! Nous allons bien voir si c'est vrai, espèce de petite souris blanche à la langue bien pendue…

– Oooooh, Votre Excellence, que votre magnanimité me protège ! Je ne suis pas une souris, je suis Ablakar le voleur !

– Tu n'es pas une souris ?

– Absolument pas ! Définitivement, catégoriquement pas du tout ! Hier encore, j'étais un homme comme vous, Votre Grâce.

– Arrête de me donner ces noms ridicules. Je me nomme Phelan, fils de Teague. Ainsi, tu es voleur ?

– Euh, oui. Je suis Ablakar le voleur, fils d'Ablakar le voleur. Nous nous appelons Ablakar, de père en fils.

– Et vous êtes aussi héréditairement voleurs ?

– Je crains que oui, Votre Sérénité. Croyez-vous que vous puissiez nous aider, mes deux frères et moi ?

– Tes frères ?

– Vous venez de les voir. Ils étaient réfugiés avec moi sous l'édredon.

– Comment se nomment-ils, eux ?

– Ablakar.

– Non, tu n'as pas compris. Je te demande, petite souris, quel est le prénom de tes frères.

– Ablakar, Monseigneur !

– Dis-moi... Est-ce que tu ne serais pas un peu... simplette ? Parce que...

– Je m'exprime mal, je le vois bien. Je vous ai dit qu'il était de tradition dans notre famille que les fils perpétuent la... carrière professionnelle de leur père et qu'ils portent le même prénom. Comme nous sommes trois frères, on nous a tous nommés Ablakar.

– Ça doit être pratique !

– Ça l'est, en vérité, mon bon prince. Je suis l'aîné, et on m'appelle Ablakar. Mon cadet d'un an, qui se trouve actuellement sous l'apparence d'une souris grise, se nomme Ablakar II. Et celui que vous avez aperçu sous les traits de cette souris noire, c'est Ablakar III.

– Les trois Ablakar...

– Vous avez compris, Votre Excellence. Votre intelligence est très grande, c'est évident, vous avez un front de penseur...

– Ablakar, comment peut-on faire cesser cette musique démoniaque ? Je ne la supporte plus ! Nous n'allons pas poursuivre cette conversation en hurlant comme des perdus !

– Las, Votre Splendeur, si seulement je le savais... Depuis hier, elle nous casse les oreilles, elle nous rend fous, et tout cela à cause de cette méchante sorcière !

– Une sorcière ? Il y a donc une sorcière ici ?

– Elle est partie, heureusement. Quelle femme monstrueuse ! Si seulement nous avions su, nous n'aurions...

La petite souris s'interrompit ; une expression de ruse sournoise était apparue sur son minois, et l'on devinait, ainsi, que ce qui se dissimulait sous les traits du rongeur n'était guère aimable ni rassurant. Phelan repensa aux armes, aux lourds manteaux noirs dans l'entrée.

– Par le plus grand des hasards, tes frères et toi n'auriez-vous pas essayé de dévaliser cette sorcière ? Ce serait tout à fait normal, puisque c'est votre noble profession. Mais il y a autre chose ! Hmm... je vois à ta vilaine moue que c'est pire que cela. Vous avez voulu l'occire.

– Oh ! Monseigneur ! Mais pas du tout !

– Si. Vous tuez les gens pour les voler. Cela explique les objets de valeur que j'ai trouvés un peu partout dans cette ferme. J'ai compris votre jeu. Vous avez rendu cette bâtisse agréable au milieu de ce pays désolé, vous y jouez de la musique charmante, alors les gens s'y arrêtent, et vous les assassinez pour leur prendre leurs biens.

– Vous ne pourriez être plus loin de la vérité, mon bon sire...

– Cesse de me couvrir de ces noms grotesques !

– Nous sommes inoffensifs, mes frères et moi ! Vous pouvez me croire, je le jure sur la tête de mes cinq enfants !

– Tu as des enfants ?

– Non, mais j'en aurai sans doute, et…

Phelan vit sur le mur qui lui faisait face l'ombre de ce qui, rapide comme le vol d'un faucon, fonçait vers sa tête. Il se jeta au sol. Le rasoir effilé passa juste au-dessus de lui, coupant une mèche de ses cheveux.

– Imbéciles ! Vous l'avez raté ! grinça la petite souris blanche, en se tortillant pour tenter d'échapper au jeune homme.

Allongé sur le dos, Phelan comprit ce qui venait de se produire : la souris grise et la noire étaient suspendues à une cordelette attachée à une poutre du plafond. Elles avaient profité de la longue conversation que leur visiteur entretenait avec leur aînée pour grimper là-haut, où devait être déjà installé ce piège, puis elles s'étaient laissées tomber en tenant la cordelette avec leurs pattes arrière.

La souris noire tenait le bas du manche du rasoir avec ses pattes avant ; la grise agrippait le haut du manche. Elles étaient remarquablement coordonnées, ce qui signifiait qu'elles avaient dû beaucoup s'entraîner. Mais elles avaient manqué leur cible cette fois, et elles pendaient maintenant tête en bas. De leurs bras graciles elles tentaient, avec la lame effilée du coupe-chou, d'atteindre Phelan, heureusement hors de portée.

Cependant, il leur restait la ressource de sauter sur lui. Il s'éloigna d'un bond, sans lâcher la petite souris blanche, qui s'étouffait de fureur.

– Tuez-le ! Vous avez vu son épée ? Elle est précieuse !

Elle mordit Phelan à l'index.

Chapitre 13

S'enfuir aurait été chose aisée. Que ne crevait-il du bout de sa lame une de ces tentures, pour aller retrouver Swo ? Mais Phelan fit claquer sa langue, d'exaspération. Il n'allait pas renoncer à affronter ces souris et à leur faire expliquer ces mystères ! Autrement, il ne resterait plus qu'à tourner casaque pour revenir à Cairnbaan et assister Venetia dans sa pâtisserie. Et encore, si elle voulait de lui.

À supposer que la lumière du jour tue vraiment ces bêtes minuscules, ce ne serait pas un triomphe très glorieux.

Je vaincrai ces petites souris, se dit-il. Cependant,

saisissant le ridicule de cette promesse, il se sentit rougir.

La musique rendait la scène plus insolite encore, et malsaine en quelque sorte, car ces notes fraîches et gaies mettaient en exergue la malignité des trois rongeurs. Et puis cette histoire de sorcière... Qu'y avait-il de vrai dans le récit d'Ablakar le voleur ? Une sorcière les avait-elle vraiment transformés, ces trois brigands ? À Cairnbaan et dans tout le royaume des Mille Lacs, les sorcières étaient haïes et redoutées, surtout depuis que l'une d'entre elles avait enlevé le prince Irven, pour le manger sans doute, ce qui avait été une tragédie.

– Concentre-toi sur les souris, on verra plus tard pour le reste, murmura Phelan, car il sentait que sous-estimer les rongeurs malfaisants serait une grave erreur.

Il assura sa prise sur le cou de la souris blanche afin qu'elle ne puisse le mordre à nouveau – quelques gouttes de sang clair perlaient au bout de son doigt –, puis il cria :

– Hé ! Ablakar II ! Ablakar III ! Rendez-vous immédiatement, ou je piétine votre frère jusqu'à ce qu'il soit plat comme une galette !

Les deux rongeurs marmonnèrent quelque chose, mais le vacarme empêcha Phelan de les entendre.

Ils se balançaient toujours au bout de la cordelette, et le jeune homme voyait, à leur attitude, que les frères se demandaient s'il serait stratégiquement intéressant de lui jeter le rasoir à la figure. Indigné, il lança :

– Vous êtes d'horribles petites souris ! C'est de la méchanceté gratuite !

– Pas exactement gratuite, Monseigneur ! Vous êtes en possession d'une épée forgée par les hommes de l'Est, qui vaut son pesant d'or ! grinça Ablakar.

Et, en se contorsionnant, il réussit à mordre encore une fois Phelan au pli du pouce.

– Aïe ! Bon ! C'est assez ! J'ouvre ces rideaux, qu'on y voie clair ! s'exclama le garçon blond, hors de lui.

Ablakar tressauta. Sa voix se faisant encore plus aiguë, il supplia :

– Non ! Non ! Ouh ! Non, non, non, non ! Rendez les armes, les gars ! Lâchez le rasoir ! Venez près de nous, les pattes en évidence ! Laissons tomber, pour l'épée ! Nous sommes déjà riches, n'est-ce pas ?

Comme Phelan s'approchait d'une tenture et la saisissait pour l'arracher du mur afin de révéler la chambre à la lumière du jour, la petite souris blanche se mit à sangloter.

– Je ne veux pas finir comme Ablakar IV ! Non !

Je ne veux pas fondre, je suis encore jeune et beau, je ne veux pas fondre !

Il y avait dans cette lamentation un tel accent de sincérité que le garçon interrompit son geste. Il demanda, curieux :

– Il y avait donc un Ablakar IV ? De quelle couleur était-il ?

– Son pelage était rayé, mon bon seigneur. C'était le meilleur d'entre nous ! Mieux que personne, il savait égor... il savait détrouss... euh, il était extrêmement gentil !

– Et il aurait fondu ? Raconte-moi toute l'histoire. Je te promets qu'alors vous aurez la vie sauve, tes frères et toi.

– Bien entendu, Votre Grâce. C'est comme si c'était fait.

– Oui, mais je ne suis pas complètement idiot... Alors, si tu le veux bien, demande à tes frères, que je vois hésitants là-haut, de descendre de leur perchoir sans le rasoir. Juste avec la cordelette. Je pourrai vous attacher, le temps que tu aies terminé ton récit.

– Nous attacher ? Mais alors, vous pourriez faire de nous ce que bon vous semblerait !

– Je ne le ferai pas, car je suis, moi, un homme de parole.

– Soit.

– Alors, voilà : mes frères et moi vaquions à nos occupations sous notre admirable apparence humaine – car, en temps normal, nous sommes très séduisants –, quand cette femme est venue, hier, frapper à notre porte…

La souris grise et la noire hochèrent gravement la tête pour confirmer le récit de la souris blanche. Toutes trois étaient solidement saucissonnées par la cordelette et alignées sur le couvre-lit de la chambre à coucher.

– Elle avait une allure particulière, cette femme. Une certaine beauté.

– Une beauté certaine, précisa Ablakar II.

– Une belle femme, quoi. Elle prétendait qu'elle avait cheminé longtemps, mais il n'y avait pas de poussière sur ses vêtements ni de monture qui l'attendait au-dehors. Pour tout dire, elle avait l'air un peu louche. On l'aurait crue tombée du ciel. Ce qui était bizarre aussi, c'était sa façon de nous examiner ; comme un savant qui met un insecte sous une loupe… Il n'y avait là rien de bien élevé.

– Alors vous avez aussitôt décidé de lui couper le cou pour la voler ? Je comprends très bien. Tout le monde aurait eu la même réaction.

– Monseigneur, je devine un soupçon de raillerie

dans votre commentaire. Pourtant, où irait le monde sans un peu d'éducation ?

– C'est une théorie intéressante, que celle d'assassiner les gens pour leur apprendre les bonnes manières.

– Oui, n'est-ce pas ? Je trouve aussi. J'appellerais ça, Votre Sérénité, de la sélection naturelle. Toujours est-il que je m'apprêtais en personne à… à aider cette dame à passer dans un monde meilleur grâce au rasoir que vous avez vu de près tout à l'heure, quand Ablakar IV – qu'il repose en paix – m'a pris à part pour me demander d'attendre un peu.

– C'était un sentimental, dit Ablakar II.

– Un enjôleur, ajouta Ablakar III.

– Il me semble que ce n'est pas exactement la même chose, mesdames les souris…

– Il plaisait aux femmes, et les femmes lui plaisaient, mon bon prince. Il était presque aussi fringant que vous. Ah ! Il avait fière allure, notre petit frère ! Quel monstre sans miséricorde, que cette sorcière !

– Dis-moi, Ablakar, ton benjamin t'aurait demandé d'attendre un peu – ce sont bien tes mots, n'est-ce pas ? Juste « un peu » ? Il comptait séduire votre invitée, puis il vous aurait laissés la tuer, ou il l'aurait tuée lui-même, c'est bien ça ?

– Eh bien…

– Vous êtes d'ignobles crapules !

– C'est une question de point de vue, Votre Grâce. En tout cas, cette femme sans cœur et sans goût n'a pas succombé au charme d'Ablakar IV… Elle nous a dit, pendant que nous nous tenions à table et qu'elle buvait une infusion qu'elle avait apportée dans son sac – pour quelque incompréhensible raison, elle n'avait rien voulu accepter de nous…

– Elle avait un peu peur, sans doute, d'être empoisonnée…

– C'est un procédé que nous n'utilisons pas souv… mais nous nous égarons. Elle nous a donc dit, tout à coup : « Messieurs les égorgeurs, il me faut vous rendre inoffensifs, et je ne prendrai pas la peine de vous expliquer pourquoi. »

– Égorgeurs ! glapit Ablakar III, sur un ton outragé, se tortillant pour essayer de trouver un peu de confort sur le couvre-lit malgré la cordelette qui l'enserrait.

– Oui, c'est scandaleux ! Pauvres Ablakar ! Alors qu'en fait, vous êtes doux comme des agneaux…

– Votre Altesse, ne vous moquez pas de nous, car nous sommes déjà à terre. Imaginez notre surprise, en tout cas, et notre légitime indignation quand nous avons entendu ces mots insultants.

« Tu vas voir, ma fille, si je suis inoffensif », a finement répliqué Ablakar IV, notre charmant petit frère – que son souvenir soit chéri. C'est alors que cette femme a lancé, dans une langue inconnue, une phrase magique.

– Comment sais-tu qu'elle était magique ?

– Sans doute parce que nous avons été aussitôt transformés en souris. Est-ce assez magique pour vous, Monseigneur ?

Dans la chambre aux rideaux tirés, les yeux d'Ablakar s'assombrirent de rage.

– En souris ! Mais ce n'était pas tout, il en fallait plus à cette misérable ! Elle nous a dit : « Si votre corps voit la lumière du jour, il fondra comme cire à la flamme. Calfeutrez-vous avec soin dans votre tanière, messieurs. » Ensuite, elle s'est levée de table, et s'est étirée voluptueusement, la gourgandine !

– Elle avait tout de même de l'allure, dans ses peaux de loup, grogna Ablakar III.

– Ah ? Votre visiteuse portait des peaux de loup ?

– Qui lui allaient fort bien, et soulignaient sa silhouette, c'est un fait. Ablakar IV, notre frère regretté, lui a demandé : « Comment te nommes-tu, sorcière ? » « Arlana, pour vous asservir », a-t-elle répondu. Moi, je dis que ce n'était pas de l'esprit, mais de la simple scélératesse. Traiter ses hôtes d'une telle manière ! Elle a même osé ajouter : « Je vous aurais bien tués, comme vous vous apprêtiez à le faire avec moi, mais j'ai de la sympathie pour les êtres mauvais, alors vous serez des souris pour toujours et devrez rester dans l'ombre. Je me borne à cela. » Elle tenait la poignée de notre porte d'entrée quand elle s'est ravisée, nous lançant par-dessus son épaule, *in cauda venenum* : « J'ai peur que vous vous ennuyiez. Je vais vous laisser un peu de musique pour vous distraire. » Elle a éclaté de rire et elle est partie, se jouant de notre loquet spécial, destiné à... retenir les invités, et nous laissant dans ce tapage de cauchemar. La peste soit de cette sorcière, voilà des heures et des heures que nous devons supporter cet air qui nous oblige à hurler pour nous entendre. Je me tais, d'ailleurs, mon bon sire, car j'ai la gorge sèche à force de brailler ainsi.

– Et... elle est partie ? C'est tout ?

– Kof ! Kof ! Hélas, non, ce n'est pas tout. Ablakar IV était d'un tempérament fougueux. Je crois que, plus que de notre métamorphose, il en voulait à cette sorcière de ne pas avoir été séduite par lui. Aussi s'est-il lancé à sa poursuite... Je le vois encore courir, avec ses mignonnes petites pattes ! Pauvre Ablakar IV ! Il a bondi sur le rebord de la fenêtre de l'entrée, qui était demeurée entrouverte, il a sauté au-dehors, et il a poursuivi la sorcière, qui déjà s'éloignait de notre ferme. Le malheureux ! Depuis l'appui de la fenêtre, rencognés dans l'ombre, nous l'avons vu : il n'avait pas fait dix pas qu'il a commencé à fondre.

– Comme du beurre dans une casserole, précisa Ablakar II, la mine lugubre.

– Comme de la neige au soleil, gémit Ablakar III.

– Un jour, je retrouverai cette femme, marmonna l'aîné des Ablakar. Et ce jour-là...

– Tu la rongeras jusqu'à ce que mort s'ensuive ? demanda Phelan.

– Riez, Monseigneur, riez. Nous ne sommes pas encore finis, mes frères et moi. Nous avons de la ressource.

– Tu dis que cette sorcière a tué ton frère, mais ce n'est pas tout à fait vrai. Il s'est tué tout seul en n'écoutant pas son avertissement.

– Tout ce que je sais, c'est que notre petit Ablakar IV serait encore vivant si elle n'avait pas surgi dans notre vie comme un oiseau de malheur. Que sa langue pourrisse, que son œil sorte de son orbite et que ses dents...

– Pourquoi la porte d'entrée était-elle ouverte, quand je suis arrivé chez vous ?

– En attendant que l'occasion de sortir se présente, nous avons fait jouer le mécanisme qui permet de...

– De l'ouvrir facilement quand on en a besoin, hein ? N'est-ce pas plutôt une habitude que vous avez, de laisser votre huis entrouvert pour les pauvres voyageurs et de le refermer sur le piège qu'est votre maison ? Eh bien, il faudra me montrer ce mécanisme, messieurs, si vous ne voulez pas que je casse l'une de vos fenêtres pour m'en aller...

– Bien entendu, Votre Grandeur.

– Termine ton récit, Ablakar.

– Il n'y a plus grand-chose à dire, c'est si dramatique, hélas... Nous avons commencé par poser rideaux et tentures partout où c'était nécessaire. Le souvenir de la disparition atroce d'Ablakar IV nous aiguillonnait. Bientôt le soleil descendrait, et ses rayons viendraient s'insinuer par les carreaux de nos fenêtres. Nous avons travaillé comme des brutes, si bien que, lorsque le soir est venu, nous nous sommes endormis, les bras en croix... Nous avons laissé passer la nuit, et avec elle, hélas, l'occasion d'échapper à la musique, de nous enfuir d'ici, sous une lune complice !

– Où iriez-vous ? Au moins, dans votre repaire, vous pouvez échapper aux rais meurtriers du soleil...

– C'est vrai. Nos oreilles sont endolories, mais

nous ne fondons pas, c'est déjà ça. Avez-vous une idée, mon bon seigneur, de la difficulté que rencontre une souris à porter de lourds tissus ? Nous avons cru mourir d'épuisement. Et il nous faut désormais nous cacher sous édredons, oreillers et coussins, pour nous reposer un peu de ce boucan tragique.

– Vous êtes vraiment à plaindre... Regardez vos victimes, en revanche, qui ont la chance, elles, de dormir en paix sous six pieds de bonne terre !

– Hum.

– Je ne vous le fais pas dire. Par ailleurs, si vous êtes accablés, vous avez tout de même trouvé l'énergie de poser ce piège, avec la cordelette et le rasoir...

– Dans notre partie, il convient de penser à sa sécurité, Votre Sérénité.

– C'est surtout que, souris ou pas, vous êtes restés méchants comme la gale, oui !

– Mais enfin, Votre Grâce, nous nous défendons seulement de ce monde impitoyable où nous ne sommes désormais que de faibles petites souris ; c'est si triste.

– Arlana... Voilà donc le nom de cette sorcière ? Pourquoi a-t-elle dit qu'elle devait vous rendre inoffensifs ? C'est très curieux. Une sorcière ne se pique guère de morale.

– Nous ne serons jamais inoffensifs ! clama Ablakar.

– Quel cri du cœur ! Rassurez-vous, adorables bestioles, vous n'avez pas l'air inoffensif. On vous sent vicieuses et dangereuses comme des vipères des sables...

– Vraiment ? Vous ne dites pas ça pour nous consoler ?

– Je le pense, c'est sincère. Maintenant, messieurs, si vous n'y voyez pas d'inconvénient, je vais vous quitter. Je ne vous détache pas, car vous êtes des rongeurs, et il vous faudra bien peu de temps pour vous défaire de vos liens. Allez savoir pourquoi, je préfère ne plus être ici lorsque cela se produira.

– Vous prendrez bien, Votre Grâce, un biscuit pour la route ? Il y en a dans la boîte en fer, audessus de la huche à pain...

– Très volontiers. À condition, mon cher Ablakar, que tu en goûtes un morceau devant moi.

– Je n'ai pas faim ! Je n'ai pas faim du tout !

– C'est bien ce que je pensais. Adieu alors, infâmes petites souris.

– Pouvez-vous au moins nous montrer de près votre belle épée, Monseigneur ?

– Non. Et je vous confisque votre rasoir.

– Oh ! Voleur !

Chapitre 14

Swo n'était plus là.

Phelan crut un instant à une erreur. Il l'avait sans doute attaché ailleurs. Il devait divaguer, car il était abruti par la musique qui avait pendant longtemps sonné à ses oreilles, et qu'il entendait encore dans son dos.

Non, c'était pourtant bien à cet arbre orangé que la longe de Swo avait été nouée. On ne pouvait s'y tromper. Le jeune homme pensa aussitôt aux frères Ablakar. N'étaient-ils pas derrière tout cela ? Avaient-ils des complices au-dehors ? Fallait-il en conséquence retourner dans cette maison envoûtée ? Les petites souris l'y attendaient sans doute avec quelque nouveau piège…

Nara !

Nara, Nara ! Nara et ses cheveux-buissons !

Il perdait tellement de temps… Depuis des jours et des jours, maintenant, que son cheval fou l'avait entraînée au cœur des Monts Jaunes, à quel prix la fille des Trois Vagues survivait-elle ? Mais Phelan savait qu'elle était en vie. Son ventre, ses os, la course de son sang dans ses veines, tout lui disait que le cœur de Nara, là-bas dans le pays de l'Ogre, battait encore.

– Ma belle princesse, je ne tarderai plus, chuchota-t-il.

Sans cheval cependant, il était perdu. Il lui était absolument impossible de continuer la route à pied car cela aurait pris un temps infini. Quant à ses vivres et tout ce dont il avait besoin à part son épée… l'ensemble était contenu dans les fontes de selle et le sac que Swo portait sur son dos. Même son arc, son carquois et ses flèches, dont il dépendait pour la chasse, avaient disparu avec le destrier. On n'attrapait pas un chevreuil ou un sanglier, ni même un lapin, avec une épée.

Phelan tourna sur lui-même, indécis. Dans l'arsenal des frères Ablakar, il y avait certainement des arcs et des arbalètes. Il était encore temps de retourner dans ce repaire de crapules, pour se servir. Mais l'idée d'utiliser l'arme d'une des victimes de ces assassins était si déplaisante que le jeune homme fronça le nez.

– Non ! Je vais retrouver Swo. Ce serait terrible de laisser son pauvre voleur se faire moquer et désarçonner par lui. La charité m'oblige à rendre ce grand service à cette âme égarée, dit-il.

Mais il n'avait ici personne à faire sourire, et ce n'était pas drôle.

Pour la troisième fois, Phelan examina la branche à laquelle le cheval avait été attaché, comme s'il pouvait tout à coup trouver sur cette écorce orange quelque indice qui le mettrait sur une piste.

– Tout est possible, sur cette terre maudite, grognonna-t-il.

Dans sa perplexité mêlée de crainte, il évoqua les dragons. Certains d'entre eux, disait-on, avaient dévoré des chevaux attachés. Un ancien compagnon de guerre d'Elgin, qui, trois ans auparavant, avait passé une nuit dans leur maison de Cairnbaan, s'était ainsi vu dérober un étalon, littéralement sous ses yeux.

– Ces bêtes sont silencieuses comme une nuit de neige, avait dit le visiteur, qui répondait au nom de Maccus.

– Un dragon a vraiment mangé votre cheval ? avait demandé Phelan.

Maccus signifiait « marteau », et c'était ainsi seulement qu'on appelait cet homme extrêmement grand et mince, taciturne, ne quittant jamais la lourde masse d'armes qui lui avait valu son surnom. Il impressionnait beaucoup le garçon, car, la veille du passage de son ami, Elgin lui avait dit : « J… Je tiens Maccus en haute estime. Il m'a plus souvent sauvé la v… vie que je ne saurais le dire, et il est le plus droit des êtres. Parle-lui avec respect. »

Le géant à la figure sévère avait attendu avant de répondre au garçon. Puis il avait raconté :

– Oui. J'ai entendu dans mon dos un bruit à nul autre semblable. C'était son souffle de feu. Cet animal monumental s'était posé sur la prairie sans émettre le moindre son. Mon étalon lui-même, qui pâturait, devait n'avoir rien entendu, car il se serait manifesté. Quand je me suis retourné, je n'ai rien vu d'autre, de prime abord, que mon pauvre cheval brûlé. Ensuite seulement l'odeur de son corps m'est parvenue.

– Quelle horreur ! s'était écriée Venetia.

– Le dragon vous a-t-il attaqué, vous ? avait questionné Phelan.

– Non. Il a pris mon cheval dans sa patte colossale

et il l'a mangé devant moi, sans me quitter du regard.

– Mais... vous n'avez rien fait ?

– J'ai prié mes dieux pour qu'il ne me tue pas.

– Vous ne m'avez pas dit, Maccus, quelle était l'apparence du dragon !

– C'était une bête de mauvais rêve que je ne saurais décrire, si ce n'est pour dire qu'elle était très grande et vilaine. Viens donc me donner un baiser d'au revoir, Phelan, car je pars demain à point d'heure, et tu dormiras encore.

Non, ce ne pouvait être un dragon. Il y aurait eu sur l'arbre quelque trace de brûlure. Mais quels étaient, ici, les prédateurs ? Trouvait-on sur cette route, en plein jour, un fauve assez puissant et audacieux pour enlever une proie de la taille d'un cheval ? Ces journées étaient effrayantes, qui voyaient apparaître un nouveau péril à chaque instant. Phelan n'avait pas le temps de se remettre de l'effroi précédent qu'il s'en présentait déjà un nouveau. La belle assurance du temps de Cairnbaan s'était évanouie ; le garçon n'était plus que souffle court et jambes tremblantes.

Par-dessus la musique qui s'élevait de la ferme non loin, et venant de la même direction, Phelan crut entendre l'ébrouement de Swo.

Cet idiot serait-il là-bas ? Je ne veux pas me rapprocher de cet endroit. Ces brigands rongeurs ne sont désormais qu'un passé révolu sur la route de mes aventures, se dit le long jeune homme blond, qui n'avait pas encore appris que les hasards ne se décident jamais, et que l'existence nous fait croiser, puis recroiser qui bon lui semble, si tel est son caprice.

Un autre bruit, ressemblant décidément à ceux qu'émettait Swo, décida Phelan. Il fallait pourtant aller voir...

Il prit soin de contourner le bâtiment en s'en approchant le moins possible, et c'est ainsi qu'il aperçut son cheval qui broutait derrière la ferme, à l'endroit où l'herbe était la plus verte.

Une bouffée d'indignation lui fit monter le sang aux tempes.

– Maraud ! Faquin ! Tu étais là, tout ce temps !

Le garçon crut deviner un mouvement derrière l'une des fenêtres de la bâtisse. Le mieux était de faire vite, avant que les Ablakar aient trouvé un moyen de nuire, ce qui semblait être leur seconde nature. Il s'engagea dans l'herbe en courant pour récupérer son destrier capricieux. Le piège se referma sur sa cheville avec un claquement sec, et la douleur vibrante courut le long de sa jambe, pour venir fuser dans son crâne comme une comète.

Ce dispositif, qu'on utilisait pour les loups, était assez puissant pour casser un tibia ou un péroné humains. Phelan regarda, hagard, les lames de métal qui enserraient sa cheville. Des larmes coulaient le long de ses joues. Il tourna la tête vers la ferme ; cette fois, il fut certain qu'on l'observait à travers la fenêtre de l'arrière du bâtiment. Ce que les Ablakar feraient, c'était facile à deviner… Ils attendraient que la nuit tombe. Ensuite, ils surgiraient avec leur coupe-chou, ou quelques autres de leurs armes répugnantes, s'ils étaient capables de les porter, et ils viendraient dans l'herbe pour lui trancher le cou. Ils finiraient par l'avoir, l'épée des hommes de l'Est qu'ils convoitaient tant…

Le garçon tâta sa jambe, que mordaient les lames bleutées du piège. Les boucles de ses bottes, dont le fer avait été martelé par le père de Turi, avaient empêché une morsure trop profonde. Les os n'étaient sans doute pas brisés. Cependant, la mécanique était juste un peu trop puissante pour qu'il soit possible de s'extraire seul de cette emprise. Il aurait fallu l'action d'au moins une autre personne, qui aurait pesé sur le mécanisme.

La route des Monts Jaunes était proche, mais personne n'y passait jamais. Quand bien même, il aurait fallu avoir affaire à une âme secourable, car

Phelan était ainsi à la merci de celui qui surgirait.

Pendant un temps qui lui parut infini, le garçon s'acharna sur le ressort du piège avec la pointe de son épée. L'acier en était assez tranchant pour entamer les lames bleues, mais Phelan n'avait plus la force nécessaire.

Le rideau frémissait à intervalles réguliers. On pouvait facilement imaginer Ablakar encourageant ses frères : « Hardi, les gars ! Aiguisez-moi tout ça ! Il faut que ça tranche ! Le soleil décline, ce sera bientôt à nous ! »

Swo était revenu près de son maître, la longe traînant dans l'herbe. C'était lui, bien sûr, qui s'était détaché seul, pour aller brouter cette pitance si délicieusement verte. Comment en vouloir à cet animal qui n'avait vu de la journée que des touffes de sèches graminées et devait avoir subi le supplice de Tantale devant ce gazon appétissant ?

Phelan avait noué la longe autour de sa taille, afin qu'il ne prenne pas à son cheval la fantaisie de retourner errer dans cette prairie où certainement d'autres pièges étaient dissimulés. Il serait toujours temps de le libérer quand les petites souris surgiraient pour l'affreux hallali.

Les grands oiseaux aux ailes claires tourbillonnaient au-dessus de lui. Ils descendaient bas, mais quand leur œil acéré discernait un mouvement chez Phelan, ils reprenaient de l'altitude.

« Nous saurons être patients », semblaient-ils dire.

Au crépuscule, le garçon renonça à se défaire du piège et se laissa aller en arrière dans l'herbe, qui devenait moins chaude. Nara ! Il faudrait donc que la princesse coure seule dans les Monts Jaunes, qu'elle se batte seule contre l'Ogre… Il avait été incapable de la sauver. Il avait failli.

Phelan vit passer une martre à belle fourrure se livrant à quelque chasse, ses petites dents aiguës découvertes. Si seulement elle et des membres de sa famille pouvaient décider de rester dans les environs pour la nuit… Cette engeance savait s'y prendre avec les souris.

Il rit, allongé, la tête dans les brins frais. Au vrai, quel chevalier il faisait ! C'était désormais de martres qu'il attendait une protection… Un hibou grand-duc, un renard et quelques chouettes auraient complété son armée.

Chapitre 15

Phelan fut sorti de sa somnolence par la flamme et gémit :

– Les petites souris !

Puis il sentit que sa cheville était libérée.

Une torche brûlait près de sa figure ; cela l'aveuglait, mais il reconnut la voix.

– Tu m'entends, Phelan ? Ça y est ? Tu te réveilles ? Tu m'as fait peur !

– Turi ?

– Qui veux-tu que ce soit ? Attends, je reviens tout de suite, je vais chercher de l'aide à la ferme. On y joue de la musique, il doit y avoir…

– Non ! Non ! N'y va pas ! Les souris !

– Il te faut quelque médecine, tu délires. Attends, je te dis. Je ne serai pas long. Mais qu'est-ce que ce piège à loup faisait ici ?

– C'est eux ! Les égorgeurs, les empoisonneurs ! Ils ont dû poser des pièges partout… Turi ! Cette demeure est un refuge de voleurs de grand chemin, de malandrins, de criminels ! Il fait presque nuit, maintenant, regarde ! Prends garde à toi, ils sont peut-être déjà là, dans l'herbe !

– Ça y est, tu as complètement perdu le nord. Je n'aurais jamais dû te laisser partir seul.

– Tu es bien Turi, n'est-ce pas ?

– Non, mais… tu te fiches de moi ?

Un éclat métallique scintilla dans le gazon.

– Attention ! cria Phelan.

La pointe de l'anicroche passa en sifflant juste en dessous du pied de Turi, qui avait sauté sur place. Le garçon blond se mit à quatre pattes, ses dents grinçant de douleur.

– Les souris ! Les Ablakar ! Elles sont là !

– Mais qu'est-ce que c'est que ce…, commença Turi, s'interrompant lorsque la lame du rasoir trancha de l'herbe juste au bout de son pied.

– Fuyons ! hurla Phelan, qui s'était redressé en se tenant à l'un des étriers de la selle de Swo.

D'un coup de reins, le visage tordu par la souffrance,

il sauta sur le dos de son cheval.

– Monte en selle avec moi ! Monte, Turi !

– Je n'aime pas les chevaux, dit l'ours.

Mais quand il aperçut le scramasaxe qui semblait voler à la surface du gazon, dans sa direction, il sursauta, poussa un juron, puis bondit sur Swo, qui émit un hennissement de surprise indignée.

– *Yaaaa ! Yaaaa !* Sors-nous de là, mon fidèle cheval ! vociféra Phelan. Cours comme le vent, fais-nous...

Swo se cabra, puis il leva le cul plus haut qu'il ne l'avait jamais fait, faisant passer les deux garçons par-dessus sa tête à une vitesse considérable.

Ils s'écrasèrent dans l'herbe, chacun soufflant à l'impact comme si on avait vidé tout l'air de ses poumons.

Dans la brume d'une semi-conscience, Phelan vit s'approcher, entre les brins d'herbe, la lame du rasoir.

Nous allons vraiment nous faire tuer par des petites souris, c'est navrant, pensa-t-il.

Quelle honte pour Venetia, sa mère. Quel déshonneur pour Elgin, qui l'avait formé. Et quelle tragédie pour Nara, la princesse des Trois Vagues, qu'il n'avait pas su protéger.

Nara ! Ses dents de nacre ! Sa belle peau d'onyx ! Et ses yeux !

– Maintenant, ça suffit ! hurla-t-il de toutes ses forces. J'aurais pu vous tuer, tout à l'heure ! Je vous ai laissé la vie sauve, tout de même, et c'est comme ça que vous me remerciez ? Vous êtes dépourvus de toute dignité, messieurs les voleurs !

Le rasoir demeura suspendu au-dessus de l'herbe, sans plus bouger. Phelan crut avoir touché la corde sensible des assassins, jusqu'à ce qu'il entende :

– Las, Votre Grandeur, la dignité ne nourrit pas son homme !

La lame reprit sa course vers lui.

L'ironie du ton, plus que les paroles elles-mêmes, mit le garçon dans une folle colère.

– Traîtres ! Sales petites souris criminelles et oublieuses !

– Qu'est-ce qui se passe ? demanda Turi. Il y a des armes qui se promènent dans cette prairie ! Est-ce que ce sont vraiment des souris qui les portent ? Et quelle est cette musique qui ne cesse jamais ?

– Celle de vos funérailles, ma foi, messire aux cheveux bleus ! clama dans son dos une voix aigrelette.

Ce fut le moment qu'un âne, surgi de nulle part, choisit pour attaquer. Abruti par la chute, Phelan vit la bête qui fonçait vers eux avec une fougue impressionnante. Si ce n'était pas harmonieux, c'était rapide.

Ils chevauchaient dans la nuit ; les pierres blanches du chemin étaient comme luminescentes. Une harde de chevreuils traversa devant eux en courant de guingois.

Le long garçon blond lança subitement :

– Je ne peux contester que ton âne ait des vertus guerrières.

Turi pencha la tête de côté.

– Mon ânesse ! Ce serait en effet un peu ingrat, l'étranger, si l'on veut bien considérer qu'elle vient de te sauver la vie.

– N'exagérons rien. Elle nous a bien aidés…

– Phelan, ton ingratitude n'a d'égale que ta mauvaise foi. Neel a écrabouillé ces souris de l'enfer !

– Nous n'avons retrouvé aucun corps.

– C'est parce qu'elle leur a sauté dessus avec tant de vaillance qu'elle les a plantées dans le sol comme des bulbes de tulipes !

– C'est possible, je ne sais pas. Peut-être ces sales bêtes se sont-elles échappées. Mais… c'est bien une fourche que je vois accrochée à ta selle ? C'est ça, ton arme ?

– Ne change pas de sujet. Je te demandais de reconnaître que ma Neel avait sauvé ta misérable vie.

– Je cours au combat avec un compagnon chevauchant une ânesse et armé d'une fourche ? Quel destin maudit… Il était entendu que tu prendrais pour me suivre le cheval de ton oncle, qui ne s'en sert pas.

Cette bête est la plus paisible de l'univers, tu ne risquais rien... Mais... un âne ! Tu es venu jusqu'ici monté sur un âne !

– Une ânesse, je t'ai dit. S'il te plaît.

– Tu comptes aller guerroyer dans les Monts Jaunes en galopant là-dessus ?

– En trottant, mon ami. Le galop de Neel n'est pas véritablement harmonieux. Un peu désuni, dirais-je.

– Oh, là, là...

– Je te signale, à toutes fins utiles, que Neel est une ânesse géante d'Uzirt. Elle fait six pieds de haut au garrot, ce qui – tu peux le constater – la rend plus grande que ton cheval. Et je me demande ce qui t'a pris, à toi, de choisir Swo. Ce gaillard est un animal de cirque.

– *Pfff*... Autant rentrer tout de suite à Cairnbaan.

– Je t'accompagne parce que je cède à tes lubies, mais si c'est pour que tu critiques Neel...

– Où l'as-tu trouvée ? Comment l'as-tu payée ?

– Je l'ai gagnée au bras de fer contre Raidbal, le palefrenier de la cour. Il avait été mandé pour quérir cinq ânes d'Uzirt dans le comté de Styx. Il est revenu plus vite qu'il ne l'avait espéré. Comme il avait un peu d'avance, il s'est arrêté à Cairnbaan pour fumer une pipe, et...

– Va au plus court. Comment est-ce que tu t'y es

pris pour escroquer ce pauvre homme ? Je connais Raidbal, ce n'est pas un imbécile. Il sait très bien que tu es fort comme un bœuf. Il n'aurait jamais joué avec toi un des ânes de la cour royale, sauf si… Tu l'as fait boire, hein ?

– Cet homme n'a pas bu une goutte devant moi ! Tu affabules, mon pauvre petit, tu…

– Alors, tu as mis des herbes à folie dans sa pipe !

– Euh… Il est possible que certaines herbes, effectivement, se soient retrouvées dans le fourreau de cette pipe, mais…

– Je le savais ! Tu as bel et bien escroqué ce pauvre homme.

– Je l'ai loyalement affronté au bras de fer. Bras droit, puis bras gauche !

– Tu n'as pas honte ?

– Oh, si, maintenant que tu me le dis… Qu'ai-je fait ? J'accompagne un ami à la tête malade, qui prétend aller se faire tuer dans les Monts Jaunes pour tenter de sauver une princesse morte depuis des jours. Je suis un monstre.

– Nara est vivante ! Mais tu ne portes plus ton bonnet pour cacher tes beaux cheveux bleus ?

– Eh bien… non ! Je ne le porte plus. En quittant Cairnbaan, j'abandonne aussi mes habitudes. Et il n'y aura pas foule pour se moquer de moi sur cette route. Ensuite, l'Ogre me mangera, et ma coiffure n'aura plus guère d'importance dans cette soupe digestive où je baignerai en compagnie de la princesse, de toi et de quelques autres andouilles du même tonneau... Tiens, Neel nous regarde. Tu as vu comme elle a l'air intelligent ? Elle comprend tout !

– Tu as trouvé ton âme sœur.

– Ne t'en fais pas, Neel, ma belle. Le méchant Phelan va bientôt se faire manger. Tu n'entendras plus parler de lui.

– Mais c'est une obsession ! Alors, tu n'as pas emporté d'autre arme qu'une fourche, pour te défendre ?

– Je n'allais pas voler les outils de mon père !

– Turi... Je te parle d'une arme. Une vraie arme. Comme une épée, ou une hache. Un fléau. N'importe quoi, mais une arme digne de ce nom.

– On voit que tu n'as jamais reçu un coup de fourche.

– Toi non plus. Ah, si ! Quand Cahal t'a surpris dans sa grange avec sa cousine. Mais une fesse trouée, ça ne compte pas.

– Si les pointes m'étaient entrées dans le dos, je ne serais pas là. Une fourche est une arme redoutable, qui me convient. Ce n'est pas comme toi, avec l'épée d'Elgin. Il en faudrait trois de ta force pour la manier correctement.

– Bien sûr... Il me l'a confiée à des fins décoratives, j'imagine. Je maintiens que tu n'as pas d'arme qui vaille.

– J'ai ma force. Mon intelligence, aussi.

– Ton... intelligence ? Que les dieux nous viennent en aide. Cette fois, c'est certain, nous sommes des hommes morts.

Chapitre 16

Phelan ne pouvait garder le pied dans l'étrier ; sa cheville était trop douloureuse. De temps à autre, il se penchait à l'oreille de Swo pour lui lancer à mi-voix :

– Fourbe. Félon. Si les vivres manquent, tu seras le premier mangé.

Le cheval couchait les oreilles. Il écoutait avec attention, et le garçon blond se demandait si quelque remords se formait dans le crâne de l'animal ou s'il était en train de comploter pour lui jouer un autre tour.

– Si tu tentes une nouvelle fois de me désarçonner, il t'en cuira, marmonna-t-il, se sentant malgré tout bien impuissant.

Neel trottait, poitrail en avant, tête fière. Elle semblait parfaitement consciente de l'aide qu'elle avait apportée la veille au soir. Les cheveux bleus de Turi pendaient devant sa figure, en un long rideau lisse qu'il ne se préoccupait pas d'écarter. Comme si son départ de Cairnbaan l'avait libéré de la honte de son ascendance meurtrière. Comment pouvait-on tuer une licorne ? Mais il n'était pas juste que les fautes des pères retombent sur les épaules de ceux qui n'avaient rien fait.

– Nous allons arriver bien tard, pour Nara, dit soudain Phelan.

– Trop tard, tu le sais bien, répliqua Turi.

Le long garçon blond n'eut pas le cœur de répliquer. Il voulait juste rejoindre enfin les Monts Jaunes. Mais il n'aurait servi à rien de galoper follement. Swo aurait été mort de fatigue en quelques heures. Quant à cette Neel…

Turi et lui avaient cheminé de nuit sans prendre de repos, et c'était déjà beaucoup demander à l'ânesse et au cheval.

– Il nous faut pourtant nous hâter, s'exclama Phelan, à bout de patience.

Imaginer la princesse des Trois Vagues seule, désarmée et tremblante, dans les effroyables monts, le faisait frémir d'appréhension.

Deux jours seulement avaient passé depuis le départ de Cairnbaan, mais il s'était déjà produit tant d'événements étranges que le village semblait loin en arrière, dans un passé presque oublié.

– Oui, dit l'ours. Nous y serons ce soir si nous ne rencontrons pas de nouvel obstacle.

Il y avait dans la voix de son ami comme une inquiétude partagée, dont Phelan lui sut gré.

Les deux garçons donnèrent des coups de talon dans les flancs de leurs montures.

La nature alentour se faisait à chaque pas plus tourmentée, étrangère à tout ce qu'ils connaissaient, si bien que, contrairement à leur habitude, ils se taisaient.

Ils rassemblaient leurs forces pour ce qui était à venir.

Le soleil avait depuis longtemps infléchi sa course lorsqu'ils mirent pied à terre afin de prendre un bref repos et de laisser brouter leurs bêtes affamées sur une mince plaque d'herbe mitée.

Devant eux s'élevaient les sommets couleur soufre de ce qu'on appelait les Monts Jaunes. Ils étaient couronnés de lourds nuages noirs où perçaient des éclairs verts, bleutés ou blancs, qui dessinaient des toiles fugaces au-dessus des reliefs.

Phelan buvait à sa gourde de peau quand il

entendit un bruit qui n'était ni le tonnerre ni la foudre, mais qui ressemblait au souffle du vent de tempête s'engouffrant dans les branches des arbres, sans être tout à fait identique, cependant.

– Qu'est-ce donc que cela ? demanda-t-il.

Se tournant vers Turi, il vit que celui-ci, les traits figés par l'alarme, avait blêmi.

– Tu n'as pas compris ? C'est le cri de l'Ogre, mon ami.

Retrouvez
en juillet 2018

Les Chroniques de Zi

LIVRE II - NARA

Du même auteur

Une moitié de wasicun, Casterman, 1995
Les Secrets de Faith Green, Casterman, 1997
Les Frontières, Casterman, 2001
Aurélien Malte, Hachette, 2001
L'Ogre blanc, Thierry Magnier, 2001
La Guerre des plaines bleues, Hachette, 2002
L'Esprit des glaces, Casterman, 2002
Le Porteur de pierres, Casterman, 2004
Perce-Neige et les démons, L'école des loisirs, 2007
Prières, L'école des loisirs, 2008
L'étrange mariage de Nils Swedenborg, L'école des loisirs, 2010
Les sœurs Swedenborg, L'école des loisirs, 2011
La terre de l'impiété, L'école des loisirs, 2012
Les filles de Cùchulainn, L'école des loisirs, 2013
Le merveilleux, Les grandes personnes, 2014
La piste cruelle, L'école des loisirs, 2014
Les rêves rouges, Scripto-Gallimard, 2015
L'arbre et le fruit, Scripto-Gallimard, 2016
La fée des Maamouls, Magnard Jeunesse, 2016
Le diable de monsieur Wai, L'école des loisirs, 2016
La loi du Phajaan, Didier Jeunesse, 2017

MIXTE
Papier issu de sources responsables
FSC® C022030

N° éditeur : 10229504 - Dépôt légal : janvier 2018
Achevé d'imprimer sur Roto-Page en décembre 2017
par l'Imprimerie Floch à Mayenne
N° d'impression : 91970
Imprimé en France